http://www.bbulmedia.com

http://www.bbulmedia.com

광해경

光海經

이훈영 신무협 장편 소설

광해경

9

뿔미디어

| 목차 |

서막

무림왕부가 개방되었다는 이야기가 천목산 인근으로 퍼져 나가기 시작한 것은 중추절 영웅대회를 열흘 정도 남겨 둔 시점이었다.

그때를 즈음하여 속속들이 천목산으로 모여들기 시작하는 명문대파의 움직임이 더해지자 그 일대에 모여든 이들은 더욱 들뜨기 시작했다.

거기에 북경을 출발해 천목산까지 이른 기다란 금군 행렬이 모습을 드러냈을 때는 그 일대가 전부 그야말로 난리 통을 겪는 것처럼 변해 버렸다.

근 오십 대에 이르는 우마차와 그 위에 가득 실린 큼지막한 목궤들, 그리고 그 행렬을 호위하는 금군의 수가 무려 오천에 달하니 그 어마어마한 규모 앞에 중인들은 입이 쩍 벌어질 수밖에 없었다.

게다가 우마차의 지척에는 새까만 관복을 입은 동창의 위사들과 어림천위군을 상징하는 은빛 갑주의 무장들이 즐비하니 그 행렬의 위용 앞에선 강호의 무인들마저 주눅이 들 정도였다.

한데 그 위용 넘치는 금군의 행렬 전체를 총괄하는 이가 전혀 알려지지 않은 관리인지라 여기저기 무성한 소문이 더해졌다.

푸른 관복을 입은 그 모습만 봐서는 하급의 관리임은 분명했으나, 행렬의 규모나 그 중요성을 감안한다면 결코 이름 없는 관리가 맡을 수 있는 일이 아니었다.

하여 사십 줄 초반으로 보이는 젊은 관리의 정체에 대해 분분한 소문이 돌고 있는 것이다.

특히나 그 관리를 지척으로 호위하는 이들이 따로 이백 정도가 있었는데, 그들은 동창의 위사복도 그렇다고 금군 무장의 복장도 아닌 전형적인 강호의 무복을 착용한 이들이었다.

그들이 소문으로만 떠돌던 내밀원의 무인들이라는 이야기가 나돌기도 했지만 그것이 진짜인지 아닌지 확인할 길은 없었다.

오천의 금군과 수백 명이 넘는 동창과 어림군 장수들의 호위를 뚫고, 그들의 정체를 확인해 낼 정도의 고수를 찾기도 어렵거니와 황제의 칙령을 수행하는 이들을 건드렸다간 자칫 역도로 몰릴 수도 있는 일이기 때문이었다.

아무리 목궤 속에 들어 있다는 무공비급들이 중하다 해도 이는 감히 시도조차 생각할 수 없는 일이었다.

천하제일가란 이름을 달고 오랜 성세를 구가하던 단목세가마저도 한순간에 멸문의 길을 걸어야 했던 것이 역모란 죄의 무서움이었다.

누구도 극단적인 선택을 할 수 없는 이유인 것이다.

특히나 목궤 안에 자파의 비전절기가 들어 있다고 생각하는 명문대파의 무인들은 그 심경이 더욱 복잡할 수밖에 없었다.

자파의 비급이 타인에 손에 넘어가거나, 혹은 세상에 뿌려질까 걱정하고 두려워하면서도 이 같은 일을 획책하는 황궁과 조정에 대한 원망과 분노를 쉬 지우지 못하는 것이다.

하나 그런 적의 가득한 눈으로 금군의 행렬을 바라보는 이들은 극소수에 불과했다.

목궤를 바라보는 이들 대부분의 눈에 서린 것은 탐심이고 욕망이었다.

만일 저 많은 궤짝들 중 하나라도 자기 것이 된다면, 아니 궤짝 안에 들어 있는 비급들 중 단 하나라도 얻을 수 있다면, 그것만으로도 기연이며 천운이라 여기는 이들이 천목산에 운집한 무인들의 태반을 차지하고 있는 것이다.

물론 천목산 어름에 모인 이들 전부가 오직 목궤나 그 안에 들어 있다는 비급에만 관심을 두는 것은 아니었다.

각 지역의 상권을 장악하고 있는 상단들 역시 이런 기회를 놓칠 리 없으니 당연히 천목산으로 모여들었다.

향후 대륙의 정세에 막대한 영향력을 행사하게 될 것이 확실한 것이 이번 영웅대회이며, 이후 천목산을 비롯하여 소호와 항주 일대가 전과는 비교할 수 없는 번성을 누릴 것이 자명한 상황이니 다른 상단보다 한 발이라도 빨리 이 일대의 상권을 장악하기 위한 분주한 움직임을 보이는 것이다.

그렇게 사람들이 모이는 장소에 떠돌이 장사치들이 모이는 것 또한 당연한 일.

서호 쪽의 동천목산 입구는 물론이요 반대쪽 서천목산으로 통하는 광덕(廣德)까지도 자리를 깔 수 있는 곳이라면 너나없이 몰려들어 수많은 가판들을 깔아 놓았다.

무인들을 상대로 먹을거리나 병장기를 파는 이들부터

용하다는 부적을 파는 도사들이나 앞날을 봐주겠다는 점쟁이들, 인근의 객잔이나 주루에서 파견된 호객꾼까지 더해져 각양각색의 사람들이 가득하니 천목산의 입구는 그 어느 도시의 저자만큼이나 혼잡스러운 모습이었다.

그런 상황에 산의 초입으로 어마어마한 금군의 행렬이 들어섰으니 여기저기 난리가 난 것은 당연한 일이었다.

아무리 천목산 안에 전에 없을 대공사가 있었다고는 해도 그만한 대군이 통과할 정도로 넓은 길이 난 것은 아니었다.

특히나 금군이 도달한 서천목산 쪽의 상황은 더더욱 좋지 않았다.

공사 내내 서호와 연결된 동천목 쪽으로 각종 자재를 수급한 터라 그쪽은 능히 우마가 다닐 정도의 길이 뚫려 있지만 반대쪽은 그야말로 협도나 다름없었다.

그런 길로 궤짝을 가득 실은 마차가 들어갈 수 없음은 당연한 일, 금군의 행렬은 산로의 초입에서 멈출 수밖에 없었다.

하나 그것도 잠시였을 뿐, 산 안쪽으로 난 길에서 기다렸다는 듯이 수백 명에 달하는 짐꾼들이 줄지어 내려오더니 미리 약속이라도 한 것처럼 각기 네 명씩 짝을 이뤄 목궤를 하나하나 짊어지기 시작했다.

이를 지켜보는 강호 무인들의 눈이 다시 한 번 형형색색으로 바뀌어 갔다.

금군이 호위하는 평지라면 어림도 없는 일이겠지만, 산로 안쪽이라면 혹여 궤짝 하나 정도는 탈취할 수 있지 않을까 하는 생각들로 다시 한 번 탐심이 들끓기 시작한 것이다.

특히나 경신공부에 자신 있는 이들이 그런 생각들을 하며 눈을 빛냈는데, 금군의 수가 아무리 많다 해도 산 안쪽에서라면 충분히 따돌릴 자신이 있다는 생각들이었다.

하지만 그런 생각들마저도 금세 사그라질 수밖에 없었다.

인부들을 뒤따라 산로 안쪽에서 전혀 예상치 못한 이들이 나타났기 때문이었다.

관복을 정갈하게 차려 입은 관인들 십여 명과 더불어 백여 명에 달하는 승려들이 그들을 호위한 채 금군의 행렬을 마중하러 나왔다.

승려들 모두 하나같이 기다란 봉 한 자루를 들고 있는 전형적인 무승(武僧)들이었다.

그리고 그들의 등장으로 인해 그 일대가 다시 한 번 크게 술렁이기 시작했다.

"항마봉(降魔棒)!"

"하면, 소, 소림이 아닌가? 소림이 어째서 관부의 일에?"

"그냥 소림이 아니야! 저 앞에 선 노승이 바로 나한전의 전주 원공 대사일세."

"헉! 하면 저들은 설마?"

"그렇지. 나한당주를 호위하는 저들이 누구겠나? 그 수를 전부 세어 보게나."

"백팔나한(百八羅漢)!"

식견 있는 이들이 여기저기서 내뱉은 말로 인해 일대의 혼란은 더욱 가중될 수밖에 없었다.

소림 승려들의 때 아닌 등장은 그 누구도 예기치 못한 상황이었다.

그도 그럴 수밖에 없는 것이 이번 천목산의 영웅대회로 인해 조정과 무림의 갈등은 그야말로 극에 달해 있는 상황이었다.

한데 강호무림의 태산북두라 칭해지는 소림이, 더구나 그 소림을 상징하는 백팔나한과 당대 소림제일승이라 불리며 천중십좌(天中十座)의 한 자리를 차지하고 있는 원공 대사가 금군의 행렬을 호종하러 나온 것이니 너나없이 당황할 수밖에 없는 것이다.

하나 원공 대사를 비롯한 소림의 나한승들은 주변의

시선에는 전혀 아랑곳하지 않고 금군 행렬의 중심을 향해 나아갔다.

그들의 걸음이 멈춘 곳은 푸른 관복을 입은 관리의 앞이었다.

"아미타불! 소림의 원공이라 하외다."

교자에 앉아 있던 관리 또한 일어나 원공을 마주하여 예를 취했다.

"명인이라 하지요. 황상을 대신하여 대사와 소림의 노고에 깊이 감사드립니다."

정체 모를 관리의 음성은 의외로 힘이 있어 원공 대사의 눈에 잠시 이채를 서리게 했다.

'허허! 기이한 일이고. 어찌 이름자가 도호처럼 들리는 것인지…….'

은은히 느껴지는 관리의 내기를 보아 평범한 관인이 아닌 것이 분명했다.

원공 대사 역시 사안에 비해 책임자의 직위가 낮은 것을 의아하게 여기던 탓이라 그를 면밀히 살핀 것이다.

하여 막상 마주하니 어느 명문의 속가 출신이 아닐까 하는 짐작이 들 정도로 은은한 내기가 느껴졌으니 의문은 더할 수밖에 없었다. 그렇다고 황제의 명을 수행하는 관리를 향해 대놓고 그 출신을 물을 수도 없었다.

"노고라 할 것이 무에 있겠소이까. 대장군께서 소림과 외인이 아니며, 더구나 이 일이 얼마나 중한지 아니 본사의 방장께서 나한의 출도(出道)를 허락하신 것이지요."

원공 대사의 나직한 음성에 마주한 관리의 입가에 묘한 미소가 그려졌다.

'하긴! 곽영, 그 녀석이 부탁한 일인데 소림이 어찌 모른 척할까. 그래도 정말 대단하긴 대단해! 설마 백팔나한까지 움직일 줄이야. 이제야 좀 마음이 놓이는군.'

푸른 관복을 입은 관리의 정체는 음사(陰士)였다.

태공공의 숨은 그림자라 알려진 사내, 어린 시절 무당의 이공에게 선택되어져 봉공의 후계자로 길러졌던 그가 태공공을 따르게 된 것은 무슨 거창한 이유 때문이 아니었다.

첫 실전을 위해 나선 길에서 동료들이 대부분 죽어 버린 충격을 벗어나지 못한 그는 그저 일신의 영달을 위해 권력의 그늘 아래로 들어간 것이다.

여하튼 그 태공공은 처참하게 죽음을 당했지만 음사는 또다시 살아남아 새로운 삶을 살고 있었다.

그런 음사 머릿속엔 온통 얼마 전 승천대장군에 봉해진 곽영의 생각으로 가득 찼다.

하북의 도지휘사에서 불과 몇 년 만에 승차를 더해 병

부의 수장이 되었으며, 실질적인 금군의 최고 통수권자의 자리까지 꿰찬 곽영의 능력은 혀를 내두르지 않을 수 없는 것이었다.

그러면 그럴수록 자신의 처지를 곽영과 비교할 수밖에 없는 것이 음사의 내심이었다.

아니, 이제 음사라는 이름 또한 버릴 수밖에 없었다.

이전만 해도 동창과 내밀원을 마음껏 부릴 수 있었으니 그 힘만 놓고 보자면 절대 곽영보다 못할 것이 없었다. 아니, 자금성내 영향력은 곽영보다 훨씬 크다고 자부할 수 있던 시절도 있었다.

하나 그것은 태공공이 살아 있을 때의 일일 뿐이었다.

오직 태공공의 그림자로만 존재했던 음사였기에 제대로 된 관직조차 없었던 것이다.

환관이 아니니 사례감 소속의 관직을 받을 수 없었으며 무장이 아니니 금의위나 어림군에 들 수도 없었다. 그렇다고 문사 출신도 아니니 육부나 한림원의 일을 맡을 수도 없어 그저 태공공의 수족으로밖에 살 수 없던 과거.

그러던 차에 이제 태공공마저 죽고 없어졌으니 그야말로 끈 떨어진 연 신세를 벗어날 수가 없었다.

이런 사정은 내밀원에 속한 이들 모두가 다르지 않았다.

내밀원은 조정으로부터 정식 인가를 받지 않은 조직이

었다. 태공공의 명만을 따르던 곳이니 그의 사후 마땅히 숙청되어야 할 곳으로 거론될 지경에 이른 것이다.

하나 곽영이 직접 황제를 설득해 그들이 목숨을 부지할 수 있었고, 머잖아 무감원(武監垣)이란 형부(形部)의 예하 기관으로 정식 인가를 받을 예정이었다.

또한 이 무감원은 앞으로 무림왕부와 황성 사이를 잇는 가교 역할을 하게 될 곳이며 음사에게 그 무감원의 수장 자리가 내정되어진 것이다.

물론 그 같은 일은 모두 곽영이 친히 나서 행한 일이니 내밀원 출신의 무인들은 곽영을 충심으로 따르기 시작했다.

태공공 밑에서 온갖 더럽고 추잡한 일만을 해 오던 그들인지라 정식으로 관직을 받는 일은 꿈에도 생각할 수가 없었다. 한데 과거를 불문에 붙이고 거기다 더해 백호장에 준하는 칠품의 관직까지 받을 수 있게 되었으니 진심으로 곽영에게 충성을 다하는 마음일 수밖에 없었다.

그렇게 곽영은 과거 태공공이 가진 힘마저 순식간에 장악해 버렸다. 태공공이 수십 년 세월 동안 황궁의 그늘 속에서 음모와 야합으로 일군 권력과 힘을 그의 사후 불과 반년 만에 모조리 자기 것으로 만들어 버린 것이다.

더구나 한림원의 문사들마저 열렬히 지지하고 있으며

황제의 총애까지 한 몸에 받고 있는 이가 곽영이었다.

대놓고 전권을 휘두르지 않아서 그렇지 실질적으로 황실과 조정, 군부까지 모두 곽영의 손에 들어 있다고 봐도 무방한 일이니 그의 힘과 세력은 과거의 태공공을 한참이나 넘어서 버렸다.

하니 곽영을 바라보는 음사의 입장은 마냥 편할 수가 없었다.

말이 좋아 형부의 예하 기관이지 무감원주의 직급이 고작 육품에 불과했다. 이는 정 사품 지부대인의 관직에도 못 미치는 것이며 홍의 관복조차 입지 못하는 하급의 관리였다.

곽영은 육부의 수장 중 하나인 병부상서의 자리에 앉은 것으로도 모자라 승천대장군(昇天大將軍)의 자리까지 제수받았거늘, 자기는 고작 육품의 말단 관직이라 생각하니 배알이 꼬일 수밖에 없었다.

물론 무감원주의 자리가 차후 무림왕부를 통해 강호무림 전체를 좌지우지할 수도 있는 막강한 권세가 예약된 자리라고는 하지만 강호의 무인들이 절대 호락호락한 이들이 아님을 너무나 잘 아는 음사였다.

특히나 음사가 가장 걱정하는 것은 봉공들의 존재였다.

그간 태공공이 봉공들을 거침없이 부릴 수 있었던 것

이 모두 흑천회가 남긴 무공비급들 때문이었다. 그것이 세상에 퍼지는 것을 막기 위해 봉공들이 얼마나 많은 일들을 벌였는지 누구보다 잘 아는 이가 자신과 곽영인 것이다.

그런데 곽영이 그 비급들을 미끼로 강호인들을 천목산으로 끌어들이고 있으니 그 속내를 전혀 짐작할 수 없어 참으로 답답하기만 했다.

천목산에 가면 모든 것을 알 수 있을 것이라고만 하는데 대관절 무슨 일을 꾸미는지 몰라 궁금증은 한정 없이 커져 갔다.

게다가 아직까지 건재한 세 봉공이 이번 일을 절대로 좌시하지 않을 것이란 사실을 알기에 하루가 다르게 근심이 쌓여 갔고, 그 때문에 오천의 금군과 어림군의 장수 이백, 거기에 동창의 일급 위사들과 더불어 내밀원의 남은 무인들마저 총동원한 것이다.

그러고도 불안한 마음을 전부 털어낼 수가 없었다.

세 봉공의 무력은 그만큼이나 두려웠다.

물론 아무리 그들이라고 해도 절대 이만한 병력을 상대해 이길 수 없음은 잘 알고 있었다.

제대로 조련된 강병들의 숫자 앞에선 강호의 절정고수라 해도 결국 도리가 없다는 것만은 이미 과거 원나라 시절과 흑천겁란의 시대를 통해 처절하게 증빙된 일이었다.

병진을 이룬 채 달려드는 무지막지한 병사들 앞에선 상승의 검술도 빼어난 경신술도 무용한 것.

무장의 지휘 아래 일제히 내뻗어지는 창날의 숫자가 얼마이며 군기가 휘날릴 때마다 일제히 쏘아지는 화살의 수가 한 번에 수백, 수천인데 그 속에서 검술 초식이며 경신술이 다 무슨 소용이겠는가.

그나마 절정의 고수로 불리는 극소수의 무인들만이 호신강기로 몇 번 제 몸을 지켜내는 것이 전부일 뿐, 그마저도 결국 내력이 다하면 활과 창에 찔려 고슴도치 신세가 되는 것이 군과 강호인들의 싸움인 것이다.

물론 검제란 이가 있어 흑천회의 무인 이천을 도륙하고 원의 기병 일만과 혈혈단신으로 대적하였다는 전설적인 이야기가 있는 것도 사실이지만 그런 정도의 고수가 어디 쉽게 나는 것이겠는가.

그러니 검제가 환우오천존의 한 명으로 꼽히게 된 것이며 특별한 취급을 받는 것이다.

여하간 봉공들이 그 검제 정도의 경지는 아니라 여기지만 불안한 마음만은 쉬 지울 수가 없었다.

이는 동원한 오천의 병력이 모자라 그런 것이 아니라 봉공들이 노리는 것이 병졸들의 목숨이 아닌 탓이었다.

만일 봉공들이 어둠을 틈타 목궤만을 노리고자 한다면 오천 금군이라고 해도 속수무책으로 당할 수밖에 없다는 생각이었다. 그 때문에 동창과 어림천위군의 무장들을 각출했고 내밀원 출신의 무인들마저 모조리 대동한 것이다.

그들이 봉공들의 발걸음을 잠시만 붙잡아 준다면 병사들의 머릿수를 앞세워 봉공들을 제지할 수도 있지 않을까 하는 생각.

물론 보통의 오천 병력이라면 그마저도 쉬운 일이 아니라 여겼을 테지만 이번에 대동한 금군은 장성에서 특별히 각출한 이들로 전장에서 잔뼈가 굵은 병사들이었다.

북원과의 전장에서 피 흘린 경험이 있는 강병들에게 쇠노까지 보급해 주었으니 능히 보통의 병졸 두 셋의 몫을 해 주고도 남을 이들이었다.

그렇게까지 하고도 불안한 것이 솔직한 음사의 마음이었다.

곽영이야 조정에 눌러앉아 괜찮을 것이라고 말하는 것이 전부였지만, 그 곽영이 알고 있던 봉공들의 무위는 그저 이십 년 전 검한(劍恨)의 일이 있을 때의 수준이었다.

그 후로 흐른 세월이 얼마인가.

봉공들의 무위는 그때와는 비교할 수 없을 정도로 높아졌으며, 특히나 살아남은 세 봉공의 무위는 음사의 능력으론 도저히 재어 볼 수가 없을 정도였다.

그렇기에 마음을 놓을 수가 없었다.

설사 환우오천존 중 누군가 살아온다 해도 봉공 셋이 나서면 충분히 싸워 볼 만하다 여기는 음사에게 오천의 병력은 그저 자그마한 위안거리에 지나지 않는 것이다.

하여 오는 내내 불안했고 밤마다 잠을 설쳐야 했다.

북경을 출발해서 이곳에 이르는 두 달의 여정 내내 그러한 불안감이 가득했으며 그런 감정은 천목산이 가까워지면 가까워질수록 더욱더 커져 갔다.

한데 곽영이 이렇듯 소림을 움직였다.

음사의 얼굴에 안도의 빛이 서릴 수 있는 이유였다.

소림의 제자들이 함께한다면 절대 봉공들은 움직이지 않을 것이다.

일공이 소림을 생각하는 마음을 아는데 어찌 다른 봉공들이 소림 제자들을 향해 출수를 할 수 있겠는가.

음사가 백팔나한과 원공을 대하며 입가에 웃음을 짓는 이유는 이러한 사정 때문이었다.

"위명이 자자한 나한전주님과 백팔나한을 볼 수 있다니 이는 삼생이 영광이 아닌가 합니다."

음사의 목소리가 전에 없이 밝아졌지만 마주한 원공 대사의 얼굴마저 그런 것은 아니었다.

아니, 원공의 내심은 실상 음사보다도 더욱 복잡했다.

어쨌거나 소림 속가제가 출신이 말단 무장에서 출발해 불과 이십 년도 되지 않아 금군의 통수권자가 되었다.

이는 소림으로서도 크나큰 영광이 아닐 수가 없었다.

조정과 무림의 갈등이 이처럼 깊지 않았다면 소림 또한 이 일을 널리 알리고 크게 축하할 일이었지만 상황이 그리 간단치가 않았다.

밖에서 보는 이들의 시선이 오해하기가 딱 좋은 탓이었다.

자칫 이 일을 부각시켰다간 소림이 관부를 등에 업고 무언가 대단한 음모라도 꾸미는 듯한 모습을 지우기가 힘든 상황으로 흘러가니, 소림의 움직임 또한 신중에 신중을 기할 수밖에 없는 것이다.

그렇다고 해도 속가의 제자가 병부의 수장의 자리에 오른 뒤 공식적으로 소림에 청한 최초의 부탁을 마냥 외면키도 어려운 입장이었다.

사안의 중함을 안다면 이를 호위해 달라는 병부의 청원, 하나 이러한 때에 소림의 무승들이 금군 사이에 끼어 비급을 호위한다면 당장 구파는 물론이요 세가 연합에게마저 커다란 책을 잡힐 수밖에 없는 일이 될 것이 뻔했다.

상황이 그러하니 전면에 나서기도 어렵고 그저 거부할 수도 없는 일이 되어 소림의 고충은 더없이 커질 수밖에 없었다.

그리하여 절충안을 내어 놓은 것이 천목산 내에서의 호위만을 담당하기로 한 것이다.

이는 마침 백발나한을 하산시킬 수 있는 좋은 명분이기도 했다.

소림의 치(恥) 이후 근 삼백여 년 만에 백팔나한 전체가 산문을 벗어난 것이니 그만큼 소림 역시 이번 천목산의 일을 중요하게 여기는 것이다.

가까운 무당만 해도 제자들이 획득한 배첩의 수가 수십 장에 이른다고 하며 화산파는 아예 이곳에 오는 인원만도 기백을 훌쩍 넘긴다는 소문들이 무성할 때였다. 소림은 뒤늦게 뛰어든 터라 예닐곱 장의 배첩을 취한 것이 전부였다.

그런 차에 곽영과 병부의 청은 그야말로 가려운 곳을 긁어 주는 일이 아닐 수 없었다.

하여 이렇듯 백팔나한을 비롯하여 팔대호원 소속의 사대금강과 천불전의 전대 고승들이 자연스레 천목산에 올 수 있었다.

물론 세간의 시선을 마냥 무시할 수 없기에 비급을 호

송하는 일은 최대한 빨리 끝낼 심산이었다.

이로서 소림 나름대로 조정과 어느 정도 선을 긋고 있음을 대외적으로 표방하고자 하는 것이며, 혹여 강호인들의 공분이 소림으로 몰리지 않도록 하기 위한 고육지책이었다.

그런 복잡한 마음이니 나한전주 원공 대사 역시 천목산 어름에 모인 강호인들의 시선이 마냥 편할 수만은 없는 것이다.

그렇게 내심이 불편한 음사와 원공 대사가 몇 마디를 더 나눈 뒤 행렬을 재정비해 천목산 안쪽으로 이동하기 시작했다.

좁다란 산로를 향해 길게 늘어진 행렬이 꼬리를 물고 전부 사라지는 데는 참으로 오랜 시간이 걸렸고, 그동안에도 그 인근에 자리한 강호인들의 움직임은 더없이 번잡할 수밖에 없었다.

뜻하지 않은 소림과 백팔나한의 움직임, 그것이 어떤 변수를 가지고 올지 몰라 당황하는 이들이 한가득인 것이다.

*　　*　　*

북경에 위치한 대장군부의 사택 안에서 두 사내의 대화가 조용히 이어지고 있었다.

"애썼네."

"어찌 그런 말씀을…… 마땅히 해야 할 일이옵니다."

"아닐세. 자네가 있어 일이 한결 쉬워졌음이 분명하네. 앞으로 일은 따로 말하지 않아도 잘할 것이라 믿네."

"하북의 병력 삼만이 뱃길을 이용해 항주로 출발했습니다. 혹시 몰라 절강과 강소, 안휘의 병력을 각기 오천씩 따로 준비시켜 놓았습니다. 그 정도면 천목산을 에워싸기에 충분한 병력이라 생각됩니다."

승천대장군이자 병부상서의 자리를 차지하고 있는 곽영이었지만 그 음성은 조심스럽기만 했다.

그런 곽영을 유기문은 잠시간 말없이 쳐다보기만 했다.

한없이 무심하면서도 또 한없이 깊은 눈길로 곽영을 바라보는 그 시선, 여전히 곽영은 그 앞에서 감히 눈을 마주치지 못했다.

황성과 조정, 군부까지 장악했다는 곽영이었지만 유기문을 대하는 마음에는 한 점의 변화도 없는 것이다.

"아쉽지 않은가?"

한참이나 곽영을 바라본 뒤에 이어진 유기문의 음성에 곽영의 눈빛이 잠시 흔들렸다.

유기문이 무엇을 말하는지 잠시 이해하지 못한 탓이었다.

"이 일이 끝나면 기회가 없을 것이네. 자네의 무공 역시 전과는 다른 형태로 남을 것이고."

다시금 이어진 유기문의 말을 듣고서야 그의 말뜻을 온전히 이해한 곽영이었다.

곧 망균이라는 것이 세상에 뿌려질 것이고, 그 뒤에 더 이상 무림은 존재할 수 없게 된다는 말, 곽영 역시 모를 이유가 없었다.

"대인의 의중을 어찌 저 같은 이가 감히 재어 보겠습니까? 다만……. 이제껏 이룬 제 검을 저들과 겨루어 보고 싶은 마음만은 변치 않을 것 같습니다."

곽영은 솔직한 심정을 내비쳤다.

유기문에게 거짓은 통하지 않음을 잘 알기에 굳이 마음을 감출 이유가 없었다.

"원한다면 하고 싶은 대로 해도 좋네. 그간의 수고로움에 대한 보상이라고 생각해도 좋을 것이네."

곽영의 눈빛이 크게 흔들렸다.

유기문이 그것을 허락해 줄 것이라곤 전혀 생각지도 못했기 때문이었다.

"어차피 자네 역시 저들과 다르지 않게 변하게 될 것

이야. 이는 나를 비롯한 번천회에 속한 이들 역시 피해 갈 수 없는 일이고……."

유기문의 말에 곽영의 얼굴이 크게 굳어졌다.

망균이 무엇인지는 곽영 역시 잘 알고 있었다.

삼종불기라 불리는 전설상의 존재, 그들 중 하나인 망공독황이 상고 시대의 무림을 이 땅에서 사라지게 했다는 전설적인 독이 바로 망균이었다.

하나 이는 그저 구전되어 오는 이야기일 뿐.

정말로 망균이란 것이 독마의 장담처럼 모든 강호인들의 내공을 사라지게 만들 수 있을까에 대한 한 줄기 의구심만은 지우지 못하고 있던 터였다.

물론 그 모든 일을 뒤에서 주재하는 이가 유기문이란 사실을 떠올리면 절대로 틀릴 리가 없는 일이라는 생각이 었지만, 정확히 망균이 어떤 원리로 그런 이해 못할 기사를 벌이는 것인지 알지 못하기에 생길 수밖에 없는 의문들은 남아 있었다.

더군다나 그 망균이 눈앞의 유기문의 내력마저 빼앗아 버린다 하니 그것만은 정말로 믿기가 어려웠다.

유기문은 사람이되 사람이 아니라 여겨지는 이다.

이 땅에 이런 경지에 오른 사람이 또 있었을까 싶은 존재, 그런 이가 고작 독 같은 것에 당하여 일신의 능력을 상실하게 될 것이라는 말은 너무나 받아들이기 힘든 일이었다.

곽영 자신만 해도 혈라강기를 대성해 만독이 불침하는 경지에 이르렀다.

하니 망균에 대한 모든 것이 의문일 수밖에 없었다.

"공(功)은 하문(下門)에만 있는 것이 아니네. 그것이 사라지고 나면 자네에게도 새로운 연이 열릴 것이야."

때마침 들려온 유기문의 말에 곽영의 눈동자가 다시 한 번 크게 흔들렸다.

진언(眞言)이었다.

이제껏 자신을 발전시켜 준 것들이 바로 이렇듯 뜻하지 않을 때 던져 준 유기문의 말 속에 있음을 잘 아는 곽영이기에 결코 흘려들을 수가 없었다.

하나 전혀 이해할 수가 없었다.

단전의 공력이 사라진다는 말은 곧 혈라강기가 소실된다는 뜻, 혈라강기가 없는 달마삼검은 상상도 할 수가 없었다.

한데 유기문은 그 후 새로운 연이 있을 것이라 말하고 있으니 그 진의를 알지 못해 심중에 답답함이 더해졌다.

'어렵다. 어렵구나. 대인의 말은 참으로…….'

곽영의 머릿속에 온통 의문만이 가득할 때 다시금 유

기문의 담담한 음성이 이어졌다.

“힘이 어찌 한 곳에만 존재하겠는가? 천지간의 이치는 끝이 없는 것일세. 하문에 치중하지 않는 이들 또한 존재하는 곳이 무림이란 곳, 불성(佛聖)만 보아도 그렇지 않은가? 내 자네에게 그만큼의 군세를 동원시킨 것은 모두 부질없는 피를 보지 않기 위해서라네.”

곽영으로선 쉽게 이해할 수 없는 말이었다.

하나 더 이상의 의문은 가질 수가 없었다.

지나 보면 모든 것이 유기문의 뜻대로 흘러가는 것을 알기 때문이었다.

다만 오늘 한 가지 일을 허락받았으니 그 기쁜 마음만을 되새겼다.

‘싸워 볼 수 있다. 당당하게…… 당당하게 세상에 나서 내 검을 보일 수 있다.’

소림을 떠나 구대봉공을 택했고 그 봉공들을 떠나 다시 군문과 황성을 택했다.

그리고 다시 유기문을 만나 지금에 이르는 동안 곽영이 지녔던 소망은 단 하나였다.

강해지고 싶다는 것, 그리고 이제야 원하는 경지에 올랐다 여기는 곽영이기에 그것을 세상에 선보이고 싶은 것은 너무도 당연한 마음이었다.

그에게는 오직 무공과 강함만이 전부인 것이다.

* * *

촉도와 같은 산로를 따라 길게 이어지는 금군의 행렬을 지켜보는 수많은 무인들이 천목산 곳곳에 가득이었다.

각기 궤짝을 멘 인부들과 이를 호위하는 나한승과 금군의 행렬엔 한 치의 틈도 허용치 않겠다는 살벌함이 더해졌다.

그렇게 산비탈 곳곳에서 금군을 지켜보는 무인들의 마음은 참으로 복잡할 수밖에 없었다. 그런 강호의 무인들 속에 그들과는 전혀 어울리지 않아 보이는 행색의 노인 셋이 자리하고 있었다.

흡사 인근 산자락에 약초라도 캐러 나온 듯한 모습의 노인 셋이 허름한 마의를 걸친 채 산비탈에 털썩 자리를 깔고 앉아 금군의 행렬을 가만히 지켜보고 있는 것이다.

꼬리에 꼬리를 물고 험한 산길을 오르는 기다란 금군의 행렬을 그렇게 한참이나 말없이 지켜보던 세 노인.

"이대로 두고 보아야 하는가?"

노인 중 하나가 침묵을 깨고 입을 열었지만 다른 두 노인은 여전히 입을 닫은 채 점점 멀어져 가는 금군 행렬의 끝을 주시하고 있을 뿐이었다.

그러자 답답함이 더해진 노인의 음성이 다시 흘러나왔다.

"선사는 대체 무엇 때문에 만류하는 것인가? 내 당장에라도 음사 저놈과 북경의 곽가 놈의 목을 따 버리고 싶네. 저놈들이 어찌 우리에게 이럴 수 있단 말인가?"

노인 중 하나 삼공 육진풍의 음성에 내내 침묵하던 이공이 입을 열었다.

"글쎄. 그 아이들을 베어 무엇하겠는가? 문제는 저 비급들이 왜 이곳으로 왔는지를 아는 것이 중요한 것이지. 일공, 뭐 들은 말이 있는가?"

이공의 음성에 내내 침묵하던 일공이 다른 두 봉공을 바라보며 나직한 음성을 내뱉었다.

"천무(天武)를 베기 위한 소임이 우리에게 있다 하는 말뿐일세."

"허헛, 그런 뜬 구름 같은 이야기라니. 사문의 존망이 걸린 이 중차대한 시점에…… 오죽했으면 본문에선 매화조령(梅花祖令)까지 내걸었을까."

삼공 육진풍의 침음성이 내리깔리자 두 노인 역시 가만히 고개를 끄덕였다.

화산파의 매화조령은 화산 본산의 전대 고수들 뿐 아

니라 속가의 모든 제자들을 총동원할 수 있는 장문지령이었다. 이는 화산파의 존폐가 걸릴 정도의 사단이 일 때나 내려지는 것이었다.

무산에서 있었던 벽마와의 혈사로 인해 큰 위기에 처한 화산파가 매화조령을 발동했다는 것은 이번 영웅대회에 그야말로 사활을 걸겠단 의지를 표한 것이다.

도명을 버리고 속명을 택하며 오랜 세월 동안 번창일로(繁昌一路)만을 걸어온 화산파.

그러던 차에 겪게 된 대위기이니 화산의 장문인이자 당대 천하제일검이라 불리는 신검 정사휘는 매화조령이란 고육지책으로 이 난관을 타파하겠다는 심산인 것이다.

무수한 제자들이 죽었고 또한 장로들과 매화검수들 대부분도 제대로 운신하지 못할 정도의 상처를 입은 상황, 하여 보여 주기 위한 세력을 모으기에 급급한 화산파의 속사정은 그야말로 참혹한 것이 아닐 수 없었다.

그 내막과 사정을 너무나 잘 아는 삼공 육진풍이기에 어떻게 해서라도 화산을 돕고 싶은 마음인 것.

사문 화산, 그것은 삼공 육진풍이 살아가는 이유였다.

"진풍, 나는 이것으로도 좋다네. 어찌 되었든 원 없이 싸워 볼 자리가 앞에 있지 아니한가."

무당의 이공이 나직하게 입을 열자 육진풍의 눈가가

씰룩였다.

"흥! 이따위 배첩이 대체 뭐라고……."

소맷자락에서 꺼낸 푸른 배첩을 와락 구겨 버린 육진풍의 음성이 조금 더 격앙되었다.

"정녕 어릿광대 놀음에 나서고 싶은가? 자네 설마 이제 와 일신의 영달이 그리워진 것인가?"

"무어라 생각해도 상관없네. 단지 세상에 내 검을 보일 수 있고 또 그것을 무당으로 온전히 건넬 기회가 왔다는 것이 중요할 뿐이지."

이공의 음성에 삼공 육진풍의 얼굴은 더욱더 굳어졌다.

"대체 무슨 생각인가?"

"상관없지 않은가? 무림왕이란 것이 되어 보는 것도……. 그리된다면 저 많은 비급들에다 내 것 하나를 끼워 무당에 전하는 것도 수월할 테고……."

"자네, 정말!"

육진풍이 노기 가득한 음성으로 다시 한 번 이공을 타박하려는 그때 별다른 말이 없이 두 사람의 대화를 지켜보던 일공이 나섰다.

"진풍, 이해하시게. 죽야(竹爺) 이 친구, 얼마 전 뜻하지 않은 일을 겪어 마음이 편치 않으니 말일세."

일공이 나섰으나 육진풍의 노기는 쉬 가라앉지 않았다.

"흥! 무슨 일을 겪었는지 모르겠으나 이 상황에 한심한 비무대회 따위를 생각하고 있는 저 친구를 내 어찌 이해한단 말인가?"

육진풍의 비아냥거림에 일공이 잠시간 눈살을 찌푸리더니 이내 다시 담담하게 입을 열었다.

"죽야 저 친구, 얼마 전 정체 모를 생사의 대적을 만났다 하네."

전혀 생각지도 못했던 말을 들은 터라 삼공의 눈빛이 크게 흔들렸다.

"대체 또 누가……?"

요 근자 너무나 많은 강자들이 난데없이 튀어나오고 있었다.

벽마는 말할 것도 없고, 태공공의 수급을 벤 검마에다 얼마 전 자신에게 치명상을 입힌 단목세가의 어린놈까지.

하나같이 젊은 나이에 그 무의 뿌리가 환우오천존에 근거를 두고 있으니 그들이 성장해 나갈 앞으로가 더욱 걱정이었다.

그런 이들이 나타나는 것을 사전에 차단하고 문파의 영존(永存)을 음지에서 지켜 오는 것이 구대봉공의 소임이었다.

그런 봉공들에게 흡사 환우오천존이 한꺼번에 부활한

것처럼 여겨지는 당금의 정세는 크나큰 걱정거릴 수밖에 없었다.

거기다 오래전 멸문시켰던 하북팽가의 재건 소식이나 도왕과 독마 같은 전대의 효웅들까지 이번 영웅대회에 출전한다는 소문들이 분분히 떠돌고 있으니 더더욱 봉공들의 마음은 복잡할 수밖에 없었다.

한데 또 다른 누군가가 있어 이공의 목숨을 위협할 정도라 하니 육진풍의 음성이 흔들리는 것이다.

"대체 누가 또 있어…… 죽야 저 친구를 위협할 수 있단 말인가?"

육진풍의 반문에 일공은 즉답을 피하며 가만히 이공 죽노야를 바라보기만 했다.

잠시간 무거운 눈빛을 하고 무언가를 회상하던 이공이 천천히 입을 열었다.

"반 시진 동안 수백 초를 겨루고도 생사를 결하지 못했네. 짐작컨대 북천신도의 주인이 아닐까 하네만……."

너무나 뜻밖의 말인지라 육진풍의 주름 가득하던 눈이 동그랗게 치떠졌다.

"북천신도? 설마 북원의 그 무신인가 뭐라고 하는?"

"아마도……."

"대체 왜 그자가 중원엘? 아니, 자넬 어찌 알고 그자와

시비가 붙을 수 있었단 말인가?"

"중요한 건 그게 아닐세. 그 북천신도의 주인이 어떤 어린 녀석의 말을 꼭 종복처럼 따른다는 것이지."

너무 황당한 말이라 반문조차 하지 못하는 육진풍의 대응에 이공의 눈빛이 더욱 침잠되어 갔다.

"생사의 간극이 오가던 순간에도 그만두란 아이의 한 마디를 듣더니 미련 없이 도를 빼더구먼."

허탈함이 가득 담긴 이공의 음성에 육진풍은 웃음마저 흘렸다.

"허허허허, 대체 그게 무슨 말인가?"

"글세, 그걸 무어라 해야 할지 나도 모르겠네."

이공은 마치 그때를 다시 붙잡아 보려는 듯 고개를 들어 하늘을 올려다보았다.

그런 채로 잠시간 말이 없던 이공이 다시 씁쓸함이 가득 배인 음성을 내뱉었다.

"그저 저 하늘같다는 느낌일 뿐……."

"……."

"그 아이가 남긴 말이 쉬 떨쳐지지 않는다네."

"말을 남겨?"

"빚을 받는 것은 자신의 친구들이 될 것이라 하더구먼. 마치 나 같은 이는 손가락 하나로 눌러 죽일 수 있다는 눈빛이었네…….”

이공 죽노야의 음성 끝이 나직하게 떨렸다.

그때를 생각하는 것만으로도 무언가 막막한 벽 앞에 선 듯한 느낌을 지우지 못하는 것이었다.

하나 이를 직접 격지 못한 육진풍으로선 너무도 황망한 말인지라 멍한 얼굴을 지우지 못했다.

그렇게 세 노인이 침묵했다.

잠시 뒤 그런 세 노인의 귓가로 동시에 또 다른 음성 하나가 이어졌다.

“너희의 천명이 나를 도와 그를 베는 것이라 하지 않았더냐.”

어디서 들려오는지 모르겠으나 귓가로 또렷하게 전해지는 목소리에 세 노인의 눈빛이 또다시 잔잔하게 떨리기 시작했다.

“그가 바로 천무의 주인. 당대의 망량겁조이니라……. 그를 멸살하지 않고 어찌 이 강호가 온전히 강호인들의 것이라 하겠느냐.”

언제 나타났는지 세 봉공들의 뒤편에 그들에게 선사라 불리는 이가 나타났다.

그 또한 한때 강호인들에게 광승(狂僧)이라 불리던 존재였으나 지금의 그 모습에서 과거를 떠올릴 수는 없었다.

산비탈 여기저기 울창한 수풀처럼 허허로움만이 가득한 모습의 노인.

머리에는 도관을 쓰고 겉에는 승려의 가사를 입은 참으로 기괴한 모습의 노인이었다.

그 입에선 다시 한 번 나직한 음성이 흘러나왔다.

"그가 이곳에서 더 강해지기 전에 반드시 결착을 보아야 할 것이다. 보거라. 천목산 가득한 이 암운(暗雲)을……. 온통 죽음으로 가득한 귀계의 부르짖음이 나를 다시 미치게 하는구나."

출전전야(出戰前夜)

중추절을 하루 앞둔 천목산 무림왕부에는 수많은 인파로 가득했다.

특히나 영웅대회가 열리는 중청(中廳) 앞 광장의 비무대 주위엔 발 디딜 틈이 없을 정도로 많은 이들이 모여들었다.

모인 이들 대부분은 중청의 널따란 담장 주변을 빙 둘러싼 전각들의 위용 앞에 너나 없는 탄성의 눈빛을 내비치고 있었다.

그런 이들 가운데 연후와 당예예가 있었다.

"중청 오른편에 있는 저쪽 전각의 이름이 건우청(乾右廳)이고 저게 백양전(白陽殿)이에요. 뒤쪽에 있는 저 건

물들이 곤좌전(坤左殿), 태음청(太陰廳)이구요. 이렇게 가운데서 보니까 정말 답답한 느낌이네요.”

당예예가 중청을 둘러싼 담벼락 너머 삐쭉 솟아 있는 전각들을 차례로 훑으며 입을 열었다.

평소 즐겨 입던 흑의 무복이 아니라 한눈에도 도드라져 보일 만큼 화려한 백색 화의(花衣)를 입은 그녀의 모습은 주변 사내들의 눈길을 단번에 끌어 모을 정도로 아름다웠다.

그럼에도 누구 하나 감히 그녀에게 지분거리는 눈빛을 줄 수 없는 것은 그녀 뒤를 호종하듯 따르는 흑의 무복 차림의 사내들 때문이었다.

어지간한 무인들이라면 그들이 누군지 모를 수가 없었다.

당가십이숙(唐家十二叔), 사천 당가의 진정한 힘이라 불리는 이들이니 그 호위를 받는 여인을 향해 감히 음심을 내비칠 정신 나간 이는 없는 것이다.

당가의 소가주 자격으로 이곳에 온 당예예이니 강호를 떠돌 때와 같은 복장일 수는 없는 것이며, 그로 인해 그녀의 아름다움이 다시 한 번 널리 회자되기 시작했다.

이름 짓기 좋아하는 강호인들이 천수란 그녀의 별호 뒤에 꽃 화(花) 한 글자를 더 붙여 이곳에서 천수화(千手

花)란 별호를 얻게 된 당예예였다.

물론 그와 더불어 그녀 곁에 나란히 걷는 연후의 별호 역시 꽤나 사람들의 입에 자주 오르내렸다.

천수낭랑(千手朗朗).

그 출신이나 과거는 제대로 밝혀진 것이 없으나 사천의 지부대회에서 점창파의 일야태검(一夜太劍) 진우량을 꺾은 일로 배첩을 얻게 된 일과 그가 천수화 당예예의 정혼자란 사실은 꽤나 흥미로운 이야깃거리였다.

특히나 당예예의 정혼자란 것은 당가의 후계 구도와도 밀접한 연관을 맺고 있다는 말이니 더더욱 주목을 받을 수밖에 없는 것이다.

물론 연후가 검마란 사실을 추측하는 이는 없었으며 연후 역시 그로 인한 괜한 분란을 피하기 위해 과거의 모습이나 분위기를 완전히 지운 후였다.

지난날 유생의 태를 말끔히 벗은 연후는 당가 특유의 흑의 무복을 차려 입고 머리까지 한데 묶어 뒤로 흘러내리게 했으니 누가 보아도 무림인으로 보이는 모습이었다.

"당 소저가 바로 보셨습니다. 담장 밖 네 개의 전각이 사상진(四象陳)에 의해 세워졌으니 이곳 광장 주위를 포위하는 형국이 당연합니다. 하여 답답함이 느껴지는 것이지요."

연후의 말에 당예예가 눈에 보일 듯 말 듯 살짝 얼굴을 찌푸렸다.

"뭐 그 정도 어투면 나쁘진 않아요. 그런데 언제까지 당 소저라 부를 건가요?"

조금은 토라진 듯한 당예예의 음성에 연후가 머쓱해하며 입을 열었다.

"미, 미안합니다. 당최 입에 붙질 않아서……."

"아이 참! 그냥 당 매(唐妹)라고 부르고 편하게 말해야 한다니까요. 정말 정체가 들통 나기를 바라시는 거예요?"

"……."

"해 보세요, 당 매라고. 어서요."

"다, 당 매……."

"휴……. 진짜 누가 들어도 어색하네요. 제가 그렇게나 불편하세요?"

"그런 것이 아니라, 그저 익숙지 않음이니 당 매가 이해해 주시지요."

연후가 더욱 난처한 표정으로 입을 열자 당예예가 고개를 절레절레 저으며 입을 열었다.

"정말 어쩔 수가 없는 분이신가 보네요. 그나저나 진법에 대해서도 해박하신가 봐요?"

"어릴 적 사가에서 이런저런 책들을 보아 둔 것일 뿐

입니다. 방문좌도라 칭하는 잡술도 있었지만 그 중엔 병진(兵陣)이나 군진(軍陣)에 대한 병법서들도 있었습니다. 물론 그 깊이가 내세울 것은 못 되지요."

"그렇군요. 한데 사상진이라니 잘 이해가 안 가네요. 험준한 산중에 이런 대공사를 하면서 그런 것까지 신경 써야 할 이유가 무얼까요?"

당예예가 고개를 갸웃거리자 연후의 눈빛이 잠시간 깊어진 채로 광장 정면에 자리한 중청과 그 뒤편 멀찌감치 삐죽 솟아 있는 구층 전각을 향했다.

"저 전각이 보이시지요?"

"네! 저게 바로 일왕각(一王閣)이에요. 무림왕의 거처와 집무전이 있다는……."

당예예가 무림왕부 내 가장 화려하고도 웅장한 전각을 지칭하자 연후의 음성은 더욱 나직하게 변했다.

"여기 중청이 진두(陳頭)를 맡아 적의 군세를 흩뜨리고……."

연후의 손끝이 중청을 향했다가 다시 사방 담장 위로 솟은 전각들을 번갈아 짚었다.

"사면의 병력이 이를 포위하며……."

점점 힘이 더해지는 음성을 내뱉던 연후의 손끝이 마지막으로 향한 곳이 구층 전각의 꼭대기였다.

"이 모든 병진을 지휘하는 천중의 방위가 바로 저곳이지요."

연후의 전혀 예상치 못했던 이야기에 당예예의 눈빛이 흔들렸다.

"포위와 멸살(滅殺). 패왕 항우의 군세조차 이 진 안에서 그 끝을 보았다 기록되어 있습니다."

나직한 연후의 음성, 순간 당예예는 등줄기를 타고 서늘한 느낌이 치밀어 오르는 것을 지울 수가 없었다.

* * *

"이야! 진짜 끝내주네."

무림왕부의 동문 쪽으로 길게 이어진 인파 속에서 한 사내의 음성이 삐죽 튀어나왔다.

윤이 날 정도로 반짝거리는 흑발을 곱게 묶어 뒤로 넘긴 평범한 회의 무복의 사내였고, 그 옆에는 연신 어쩔 줄 모르는 표정으로 주위를 두리번거리는 흑의 경장 차림의 중년 사내가 있었다.

"혁 공자, 이러실 거면 본가의 사람들과 함께 들어가시면 될 것을 어째서……?"

"대주 아저씨. 나 여기 놀러 온 거 아니야. 진짜 해야 할 일이 있는 거라구. 강이 녀석 옆에서 할 수 있는 일이 아니야."

혁무린의 변명 같은 말이 이어졌음에도 불구하고 암천의 눈가에는 여전히 불만이 가득했다.

"하면 골패륵이란 그 친구랑 같이 들어갔으면 될 일 아닙니까? 그 친구도 배첩을 땄으니 함께 가면 문제가 없지 않습니까? 왜 자꾸 절……."

암천이 볼이 잔뜩 부운 채 말끝을 흐리자 혁무린이 빤히 암천의 눈을 바라보았다.

"대주 아저씨는 내가 싫어?"

"……."

"난 아저씨가 좋아. 아저씨를 보면 왠지 초노를 보는 것 같거든."

무린의 음성이 갑작스레 침울하게 변하자 암천 역시 잠시 할 말을 잃은 뒤 숙연한 얼굴이 될 수밖에 없었다.

자부의 가신이었던 초노인, 중살의 손에서 혁무린과 유가장의 공자들을 구하기 위해 홀로 분투하며 죽어 간 그를 어찌 잊을 수가 있겠는가.

또한 그 초노로 인해 지금의 자신이 있을 수 있음을 잘 아는 암천이었다.

솔직히 단목세가와 연이 먼저가 아니었다면 초노 때문

에라도 혁무린과 자부를 따르는 것이 당연한 도리라는 것을 암천도 잘 알았다.

하나 먼저 단목세가를 주인으로 정했고 이는 단지 불사이군(不死二君)의 충정 때문이 아니라 사내라면 당연히 지켜야 할 의리 같은 것이라 믿는 암천이었다.

그러니 혁무린이 초노를 들먹일 때마다 미안하면서도 당장은 어쩔 수 없어 죄송하다는 표정을 지을 수밖에 없었다.

"아! 그렇게 심각할 건 없구. 진짜는 그 아가씨 옆에 있는 게 너무 불편하거든."

무린의 말에 암천의 표정이 일변했다.

암천 역시도 불편한 마음은 혁무린 이상인 것이다.

둘이 맺어질 수 없는 사연을 속속들이 알기에 날이 갈수록 더해만 가는 단목연화의 애틋한 마음이 불편했고, 홀로 남아 인고의 세월을 살아가야 하기에 그녀를 받아들일 수 없는 혁무린의 삶이 그를 불편하게 만들었다.

차라리 시원하게 단목연화에게 전부 다 까발리고 싶을 때가 한두 번이 아닐 정도였다.

그녀는 그저 혁무린이 망량겁조의 전인이라는 것을 아는 것이 전부였다. 하지만 정작 그녀는 망량겁조가 어떤 존재인지는 전혀 모르고 있는 것이다.

혁 공자 이 사람은 공녀가 늙어 꼬부랑 할머니가 되어도 저 모습으로 있을 사내이며, 그러고도 헤아릴 수 없는 세월을 세상 밖에서 살아야 하는 존재라고 말해 주고 싶었다.

그러니 제발 이쯤에서 그 마음 접으라고…….

물론 그 말을 한다 해서 단목연화가 곧이곧대로 믿지도 않을 것이고, 또 설령 그렇다고 하더라도 혁무린과 떨어질 것 같지도 않다는 것이 문제였다.

차라리 무린에게 그녀의 생이 다 할 때까지만 중원에 있어 보는 것이 어떠냐고 말하는 것이 나을 것이란 생각이 들 정도였다.

물론 눈앞의 혁무린은 감히 그런 말을 꺼낼 수 없게 만드는 존재였다.

그에게 평범한 인간의 삶을 살아 보란 이야기를, 그것도 남들이 사는 한 평생만 그렇게 지내 보란 이야기를 어찌 쉽게 꺼낼 수 있겠는가.

하니 그저 답답함이 더할 수밖에 없는 것이 암천의 현실이었다.

"대주 아저씨, 뭐 잘못 먹은 얼굴이네?"

"아닙니다. 그냥 잠시 생각할 것이 있어서……."

암천이 쭈뼛거리자 무린이 피식 웃으며 한소리를 더했다.

"생각은 잠시 접어 두자구요. 일단 제대로 놀아 봐야 하잖아. 이렇게 사람 많은 곳은 나도 꽤나 오랜만이라구."

"놀다니요? 좀 전엔 뭔가 중요한 일이 있으시다고……."

"아! 그건 뭐 그때가 닥치면 해야 할 일이고. 우선 거처부터 정하자구요. 푸른 배첩을 받는 이들이 머무는 곳이 지휴관(地休館)이라고 했나?"

"네. 본가처럼 붉은 배첩을 하나라도 지닌 곳은 천웅관(天雄館)에 거처가 정해졌습니다. 그 덕분에 정말로 분위기가 살벌합니다. 구문오가(九門五家)는 죄다 그곳에 몰려 있으니까요."

암천이 그리 말하며 애써 안절부절못하는 눈빛을 진하게 내비쳤다.

구문오가란 구대문파와 오대세가를 말하는 것, 그중 오대세가와 단목세가는 여전히 세불양립을 논할 수 없을 정도로 원한이 깊은 사이였다.

그야말로 철천지원수라 해도 이상할 것이 없는 사이인데 한 지붕 아래 머물게 되었으니 어찌 편할 수가 있겠는가.

더구나 동원할 수 있는 거의 모든 힘을 집결시킨 오대세가와는 달리 무산에 몸을 숨겼던 가신들만을 대동한 단목세가이기에 천웅관 안의 생활이 더더욱 껄끄러울 수밖에 없는 상황이었다.

솔직히 세가 입장에선 무인 하나가 아쉬운 때였다.

그것이 수신일위라 이름 붙은 음자대주 암천이라면 더더욱 절실한 때였고.

무린이 그런 사정을 알아주길 바라기에 암천의 눈빛은 애절할 수밖에 없었다.

"그래도 안 돼요. 비무대회가 전부 끝날 때까진 내 옆에 있어야 해."

"혁 공자님! 대체 왜 그래야 한단 말입니까? 제가 혁 공자의 능력을 모르는 것도 아니고, 있어 봐야 도움이 될 리도 없잖습니까?"

"왜 도움이 안 된다고 생각해? 자고로 남의 집 불구경하고 싸움질 구경이 제일 볼 만한 건데 이걸 혼자 보면 얼마나 심심하겠어?"

"그럼…… 고작 심심해서 저를 부르셨단……."

허탈함을 넘어 분노의 감정마저 담겨 있는 암천의 음성에 무린이 서둘러 웃음을 터트렸다.

"하하하! 그렇게 되나. 하여간 중요한 일이 있어서 그런다고 이해해 줘. 옆에 누가 있어야 떠들 맛도 나고 그러지."

무린이 으쓱하며 어깨를 들썩이자 암천의 얼굴은 더더욱 일그러졌다.

정말로 단목세가의 입장에선 너무나 중차대한 일을 목전에 둔 상황이었다.

천하제일가란 과거의 명성을 되찾기 위한 행보를 시작하는 이때에 고작 혼자 보기 심심하단 이유로 옆을 지키라 하니 자괴감마저 일었다.

그런 암천의 내심을 짐작이라도 하듯 무린이 한마디를 더했다.

"진짜는 아저씨가 꼭 필요해서 그래요. 상황이 생각보다 훨씬 심각하다는 느낌이거든요."

전과 달리 갑작스레 낮아진 혁무린의 음성.

암천이 깜짝 놀란 눈으로 혁무린을 응시했다.

"아, 뭐 그렇게까지 놀랄 건 없고. 조금은 더 강해져야 할 필요가 있을 거 같아서 아저씨의 호위가 필요해요."

"네?"

전혀 뜻하지 않았던 말에 암천은 저도 몰래 목소리가 높아졌다.

눈앞의 이 무지막지한 인간이 더 강해지기 위해서 호위가 필요하다니.

도저히 이해가 되지 않는 말이었다.

남이 펼친 무공을 그저 한 번 쓰윽 지켜보기만 하면 저절로 익혀 버리는 이 괴물 같은 사내가, 그것도 그냥 익히는 것이 아니라 펼친 사람도 이르지 못한 그 무공의 극의를 절로 펼쳐 내는 이 사내가 더욱 강해지기 위해 호위가 필요하다는 말을 어찌 이해할 수 있겠는가.

사실 이해가 안 되는 것은 그런 자잘한 것들 따위가 아니라 어떻게 그런 불가해한 능력을 지닐 수 있는가라는 사실이었다.

아무리 삼종불기고 아무리 망량겁조라 해도 당최 이해가 되지 않는 것이다.

"이쪽 말로 얘기하면 만류귀종이고 중원 무학의 뿌리와 줄기가 어디에서 파생되었느냐에 관한 이야기에요. 하지만 그냥 알기 쉽게 원래부터 그렇게 태어났다고 이해하는 게 편할 거예요."

몇 달 전 골패륵과 죽도록 싸우게 한 다음 혁무린이 했던 말이었다.

그 직후 자신보다 훨씬 능숙하게 초노인에게서 배운 무공들을 펼쳐 내던 무린의 모습을 떠올리면 그저 고개만 설레설레 젓게 되는 암천이었다.

혼검(魂劍)은 물론 이제 자신이 겨우 걸음마 단계를 뗀 오행진기(五行進氣)마저 너무나도 능숙하게 펼치던 이가 바로 눈앞의 혁무린인 것이다.

그때를 떠올리던 암천이 한순간 온몸에 소름이 돋는 것을 느꼈다.

본래부터 그와 엮이는 것이 너무나 거북해 억지로 생각하지 않으려 했던 부분, 그것이 떠오른 탓이었다.

혁무린, 그가 이곳에서 앞으로 벌어질 모든 비무를 지켜본다는 것.

꿀꺽!

저도 모르게 삼킨 마른침이 목울대를 타고 넘어가는 소리가 너무나도 커 암천은 흠칫하며 무린의 눈치를 살펴야 했다.

그런 암천을 보며 무린이 웃었다.

"하하! 걱정 말라고. 강이 녀석 싸울 때는 나도 딴 일 볼 거니까. 아무리 그래도 그 녀석이랑 같은 무공을 쓰는 건 그렇잖아?"

너무나 뜨악한 말에 암천이 할 말을 잃은 채 무린을 바라보기만 했다.

"하하하! 사실 이건 비밀인데……."

말끝을 흐리며 암천을 바라보던 혁무린의 오른 손끝에

서 일순간 예기치 못한 기음이 흘러나왔다.

지지지직!

수십 마리의 벌레가 기어가는 듯한 소리가 오므렸다 펴지는 그의 손끝에서 흘러나오며 푸른색 뇌전의 기운으로 변해 갔다.

그 시퍼런 섬광의 뭉치들은 순식간에 사라졌지만 턱이 떨어져 내릴 것처럼 놀란 암천의 입은 쉬 다물어질 기미를 보이지 않았다.

틀림없는 사다인의 무공, 당금 강호인들이 무암 진인과 더불어 천하제일좌를 다툴 유일한 존재라 말하는 벽마의 독문무공을 혁무린이 펼치고 있는 것이다.

여전히 입만 쩍 벌린 채 말을 잇지 못하는 암천을 향해 무린이 멋쩍은 듯 뒷머리를 긁었다.

"악양루에 있을 때 녀석이 갑자기 이걸 쓰는 바람에……. 뭐, 녀석이 살아 있는 동안 뇌령을 사용할 생각 따윈 전혀 없으니까 걱정은 말고."

"……"

"아저씨니까 말하는 건데. 이런 게 그냥 보기만 한다고 뚝딱 되는 건 아니야. 촌각에 가깝지만 무공을 체화(體化)시키는 데는 간극이 존재하거든. 뭐, 무방비라고 할 수는 없지만 여하간 그 찰나의 틈을 지키는 것이 자부에 호위가 필요한 이유야."

차분하게 이어지는 무린의 음성에 조금은 정신을 차린 암천의 표정이 전과 달리 진중하게 변해 갔다.

그가 허투루 꺼내는 말이 아님을 온전히 깨달을 수 있었기 때문이다.

"자부의 가신들이 진경을 통해 보는 것이 오행진기고 그걸 통해 마벽(魔壁)을 구사하게 되는 이유가 바로 그 간극을 지키기 위해서야. 애초에 그 때문에 가신들에게만 허락된 것이 진경이니까."

알 듯 모를 듯한 말에 암천이 조심스레 고개를 끄덕였다.

처음 초노를 만나 깊은 연을 맺게 된 것엔 그런 내막이 있었음을 새삼 느낀 것이다.

소가주를 지키기 위해 유가장에 머물러야 했던 자신과 또한 혁무린을 지키기 위해 그곳에 있어야 했던 초노의 입장이 하나의 유대감으로 이어져 지금의 자신이 있게 되었다는 생각이었다.

"결국엔 진경의 한계마저도 훌쩍 뛰어넘은 사람들이 있었다는 게 문제지만…… 공령(空靈)의 도는 그 자체로 인간에겐 허락되지 않은 능력이고, 결국 그 끝은 자부와 닿아 있어. 물론 아저씨랑은 전혀 상관없으니까 기대는 말고. 진짜 중요한 건 당분간은 아저씨가 내 옆에 있어야 한다는 거야. 자부의 호위로서……."

무린의 나직한 음성이 잦아들자 암천 역시 잠시간 할 말을 잃고 말았다.

그 진경이란 것이 무엇인지 접해 보지 못했으니 무린이 하는 말을 전부 온전히 이해할 수 있는 것은 아니었다.

하나 자신이 해야 할 일이 결코 가벼운 것만은 아니라는 사실을 확실히 느낄 수 있었으며, 아울러 어떻게 되어도 결국 혁무린을 비롯한 자부와의 연을 벗어 내긴 힘들다는 생각을 할 수밖에 없었다.

'결국 혁 공자의 말처럼 백 년 후엔 자부에서 살아야 한다는 건가. 근데 정말 그만큼 살 수 있긴 한 건가?'

자부의 가신들이 대개 삼 백 년을 살았고, 자신도 그렇게 될 거라던 무린의 말을 들었지만 좀처럼 실감이 나지 않는 것도 사실이었다.

당최 믿기 힘든 일, 그렇다고 그걸 마냥 무시할 수도 없었다.

바로 눈앞에 천 년을 살아간다는 존재가 있으며 그 부친이 상고무림이 멸망했다는 진나라 때부터 얼마 전까지 살았으니 천 년으로도 모자라 거기에 칠백 년을 더할 만큼이나 살아온 것이다.

그런 이들에 비하자면 그깟 사람 나이 삼백이 무슨 대수일까 하는 생각마저 들었다.

"가자구요, 아저씨. 일단 다리 뻗을 곳은 구해 놔야지요."

무린이 앞서 휘적휘적 걸어 나가 동문을 지키는 관병들을 지나쳐 갑주를 입은 무장 앞에 섰다.

그리곤 뭐라고 소곤소곤 거리자 갑주를 걸친 무장이 넙죽 허리를 숙이며 황망한 표정을 짓는 것이 보였다.

배첩을 지니지 않은 이들이 몇 번이나 소란을 부렸지만 누구 하나 예외 없이 왕성 밖으로 내쫓으며 일갈하던 장수의 모습이라곤 믿기 어려운 태도였다.

약간의 소란만 일어도 비상 나팔을 불고 쇠뇌까지 동원하며 역모와 대역죄를 소리치던 무장이 그렇게 무린을 극상의 예로 대하는 것이었다.

길게 늘어서 자신의 차례를 기다리던 이들의 눈이 예리하게 무린을 향할 수밖에 없는 상황이었다.

물론 그 정도야 암천에겐 전혀 놀랄 일이 아니었다.

골패륵 같은 이나 북방 장성의 영웅인 임백찬마저 전륜성왕이니 제천대성이니 하며 넙죽 절하게 만드는 이가 혁무린인데 그런 정도의 일이 특별할 이유는 없는 것이다.

때마침 장수 앞에서 고개를 돌린 무린이 히죽 웃으며 암천을 불렀다.

"뭐해요? 들어가자니까."

암천이 잰걸음을 빨리하여 무린 옆에 이르렀다.

"그럼 수고하시고."

무린이 갑주를 입은 무장의 어깨를 툭툭 치며 휘적휘적 걸음을 옮기자 무장이 다시 한 번 허리가 꺾일 듯 상체를 숙였다.

그 뒤 무린을 따라붙은 암천의 볼멘소리를 잔뜩 내뱉었다.

"보는 눈이 이렇게 많은데 이래도 되는 겁니까?"

한데 무린이 표정이 서늘하게 굳어졌다.

"보라고 이러는 거야. 누군지는 모르지만 여기 차려진 밥상들이 나 때문인 거 같다는 느낌이 들거든."

혁무린이 그리 말하며 천천히 시선을 돌려 곳곳에 자리한 고루거각들을 바라보기 시작했다.

그렇게 가던 길을 멈추고 우뚝 선 채 무림왕부 이곳저곳을 천천히 살피는 무린의 모습.

그런 무린의 분위기는 조금 전과는 완전히 달라져 있어 으스스한 느낌을 지우기 힘든 암천이었다.

때마침 소슬한 가을바람이 불어와 혁무린의 윤기 있는

머리카락을 훑고 지나갔고 그 직후 무린의 입에서 나직한 한마디가 흘러나왔다.

"흐음, 왠지 기대되는 걸, 대체 뭘 준비해 놓았을지……."

*　　*　　*

영웅대회가 열리는 중청 광장 뒤편으론 강호인들의 출입이 엄격히 제한된 곳이 있었다.

곳곳에 배치된 금군 병사들이나 관부의 나졸들이 눈에 불을 켜고 있으니 누구 하나 다가설 엄두를 내지 못하는 곳이었다.

자칫 그 주변을 얼쩡거리다간 괜한 분란을 자초할 수도 있는 곳, 중청 뒤편에서 일왕각으로 이어지는 널따란 정원이 바로 그곳이었다.

곳곳에 관상용 화초들과 나무들이 심어져 있고 정원 복판엔 커다란 연못까지 있는 중청의 후원은 그야말로 돈을 덕지덕지 발랐다는 것을 여실히 보여 주는 장소였다.

음사가 한산하기 만한 그 후원을 가로질러 일왕각 앞에 이르렀다.

깎아지른 듯한 절벽을 등지고 세워진 높다란 구층 전

각의 위용을 천천히 살피는 음사.

이번 영웅대회가 끝나면 무림왕이란 새 주인을 맞게 될 구층 전각을 보며 음사의 얼굴은 더욱더 일그러져 갔다.

전 대륙의 상인들에게 말도 안 되는 각종 전매권을 팔더니 그렇게 거둬들인 어마어마한 황금을 몽땅 이곳 천목산에 처박아 버린 일을 생각하면 화가 치미는 것을 참아내기가 힘들었다.

무림왕부 전체의 규모도 규모지만 구층이나 되는 이런 전각을 골짜기에다 짓느라고 써 버린 황금이 꼭 제 돈처럼 여겨지는 것이다.

게다가 그걸 곧 무림왕이란 얼토당토않은 이에게 헌납해야 한다는 사실 모두가 음사의 기분을 상하게 하는 일들이었다.

특히나 이런 일들을 주도하고 꾸미는 곽영의 정확한 속내를 몰라 더더욱 짜증이 치밀 수밖에 없었다.

일왕각의 문설주 앞에서 그렇게 분을 삭이던 음사가 조심스레 문을 열고 안쪽으로 들어섰다.

그러자 널따란 일층 대전 안쪽에 자리하던 이들이 힐끗 고개를 돌렸다가 이내 다시 저들끼리 이야기를 나누기 시작했다.

“하면 먼저 청조(靑組) 이백스물의 비무를 대진에 따라 시작하는 것으로 합시다. 몇 날이 되었든 그 수가 홍조(紅組)와 같아지는 날까지로 할 것이고 하루를 쉬겠소. 그 후엔 병부상서 곽 장군의 뜻을 따라 원하는 자를 지명해 비무 하는 방식으로 할 것이니 천웅관과 지휴관에 거하는 무림인들에게 이를 모두 통보하도록 하시고…….”

홍의 관복을 입은 늙은 관리의 말이 한참이나 이어졌다.

내일부터 시작될 영웅대회의 일정과 혹시 모를 반발에 대한 대비책 등을 담은 지시들이 계속되는 것이다.

마침내 지루하게 이어지던 늙은 관리의 하명이 모두 끝나자 시립하여 있던 이들이 부지런히 움직이기 시작했다.

하나둘 음사의 곁을 지나 일왕각을 빠져나가는 관리와 무장들, 음사가 문설주 옆까지 비켜서며 가볍게 허리를 숙였다.

누구 하나 음사보다 품계가 낮은 이가 없는 탓이었다.

회의를 주관하던 늙은 관리는 절강의 포정사이며 다른 이들의 면모 또한 결코 가볍지 않았다.

무관들 셋은 각기 안휘와 강소, 그리고 절강 도지휘사사의 첨사들로 무려 정삼품의 고위 무장이었다.

그 밖에 다른 이들도 조정에서 파견된 병부의 참정들이며 이들 역시 삼품의 고관이고 몇몇 인근 지역의 지부대인들마저 자리하고 있으니 육품 관리인 음사가 허리를 숙이는 것은 너무나 당연한 일이었다.

그렇게 회의가 끝나고 대부분의 관리들이 일왕각을 빠져나가자 절강의 포정사사인 늙은 관리가 다가와 음사 앞에 섰다.

젊은 날 한림원의 수장까지 역임한 것으로 알려져 있으며 그 성품이 대쪽 같기로 소문이 자자한 절강의 포정사 홍문규.

"곽 장군의 지기라 들었소. 나를 따라오시오."

예상치 못한 홍문규의 공대에 음사가 살짝 고개를 쳐들었다. 나이나 관직, 그 이름값으로 보아 그의 공대가 전혀 이해되지 않은 탓이었다.

물론 태공공 살아생전이었다면 전혀 달랐겠지만 지금의 음사는 고작 정육품의 하급 관리일 뿐이었다.

음사가 그런 고민을 하거나 말거나 포정사 홍문규는 어느새 대전 회의장 뒤편으로 난 복도를 따라 발걸음을 옮기고 있었다. 음사 또한 고개를 몇 번 갸웃거린 뒤 말없이 그 뒤를 따라야 했다.

'곽영, 이 자식. 대체 언제 이런 늙은이까지 구워삶아

놓은 거야?'

지난 세월 곽영의 행적을 손바닥 보듯 알고 있다고 자부했는데, 어찌 그가 이곳 절강까지 손길이 이어졌는지 도대체 이해되지가 않았다.

그런 의문들을 지우지 못한 채 늙은 관리를 따라 이동한 곳은 복도 끝에 위치한 자그마한 회의실이었다.

텅 비어 보이는 대전과는 달리 커다란 협탁과 의자, 거기에 상석에 놓여 있는 옥좌까지 모두가 특상품의 재질로 된 것들이 갖춰져 있었다.

절강의 포정사 홍문규는 익숙한 듯 걸음을 옮겨 봉황이 수놓아진 옥좌의 한쪽 손잡이를 힘껏 잡아 올렸다.

이내 드르륵 소리가 나며 커다란 의자가 빙글 돌자 지하로 내려가는 시커먼 계단이 드러났다.

일련의 과정을 거치고 드러난 비밀스런 공간을 확인한 음사 역시 잠시 움찔 할 수밖에 없었다.

"들어가시오. 기다리는 이들이 의문을 풀어 줄 터이니……."

포정사의 말에 정신을 다잡은 음사는 치밀어 오르는 궁금증을 풀지 못하고 입을 떼려 했다.

하나 이내 생각을 고쳐먹었다.

척 보아도 눈앞의 이 늙은 관리 역시 자세한 내막을 모른다는 느낌이 강하게 들었기 때문이다.

'그래, 들어가 보자. 곽영 이 자식, 너 대체 뭐하자는 거야.'

*　*　*

영웅대회가 벌어지는 중추절 전야, 천목산의 그 어느 곳보다 들썩이는 곳은 무림왕부의 성 밖에 위치한 승호부(承虎府)였다.

사실 승호부란 거창한 이름과는 달리 무슨 대단한 곳이 아니라 본래 축성 공사에 동원되었던 인부들의 임시 숙소로 쓰이던 목책 마을이었다.

십만이 훨씬 넘는 인부들이 이번 일에 동원되었던 터라 당연히 산중에 거처를 정할 수밖에 없었으며, 그래서 대충대충 통나무를 이어 만든 집들이 셀 수도 없이 세워졌는데 그곳이 바로 얼마 전까지 인부촌이라 불리던 승호부인 것이다.

공사의 끝과 더불어 그 많던 인부들이 빠져나가고 텅 빈 마을을 승호부란 거창한 이름으로 탈바꿈시킨 것은 역시나 거대 상단들이 가진 돈의 위력이었다.

불과 한 달이란 시간 만에 어지간한 중소 도시를 방불

케 할 정도로 모습을 갖춘 인부촌은 이제 새로이 승호부란 이름을 내걸고 사람들의 발길을 잡아 끌고 있는 것이다.

이 소식이 전해지자 멀찌감치 서호에 거처를 정하던 이들이 한달음에 모여들기 시작했다.

반나절이나 걸릴 시간을 줄여 천목산 안에 거한다는 것은 그만큼 비무대회를 가까이서 관전할 수 있다는 말이니 앞다투어 그곳으로 사람이 몰리는 것은 당연했다.

그렇게 모여든 이들의 태반이 강호인들이며 그런 이들이 한데 모여 있으니 당연히 소란이 일 수밖에 없었다.

물론 배첩을 지니지 못해 왕부 안으로 들지 못한 이들이 대부분이니, 그 수준들이야 크게 내세울 것은 못 된다 해도 그중엔 어느 지역의 누구라 하면 화들짝 놀랄 정도의 고수들 또한 간간이 섞여 있는 것도 사실이었다.

"흥! 나 조자권을 어찌 보고 관부의 나졸들 따위가 막아선단 말이냐. 십 년 폐관이 달포만 빨랐어도 배첩을 받았을 이가 바로 나 광동팔호의 조자권이란 말이다."

통나무로 급조하여 만든 단층 주루라 하지만 그 크기만은 여느 이름난 객잔만 못할 것이 없는 곳에서 터져 나온 음성이었다.

족히 수백이 넘는 이들이 모여 거나하게 취해 가는 시

간, 조자권의 목소리가 그 시끌벅적한 소란을 뚫고 나왔다는 것은 일신의 내력이 결코 가볍지 않음을 말하는 것이다.

아니나 다를까 그가 탁자를 향해 분기탱천한 주먹을 내지르자 쾅 소리가 나며 통짜로 잘라 만든 원형의 탁자가 쩌저적 하며 갈라져 버렸다.

어지간한 무인이라면 엄두도 내지 못할 위력의 주먹이었다. 떠들썩하던 주루 안에 삽시간에 냉기가 감돌기 시작했다.

한데 그 순간의 정적을 뚫고 들려오는 음산한 노인의 웃음소리가 있었다.

"키키키킥! 어린놈. 술맛 떨어지게 하면 죽는다."

탁자를 후려친 분기로 씩씩거리던 조자권이 눈썹을 씰룩하며 자리를 박차고 일어섰다.

"어떤 늙은이가 감히 나 조자…… 크아악!"

호기롭게 소리치던 조자권이 갑자기 비명을 내지르더니 양손바닥으로 자신의 눈을 움켜쥐며 바닥을 뒹굴기 시작했다.

움켜쥔 안구와 손바닥 사이로 벌떡거리며 솟아나는 붉은 핏물이 바닥까지 적실 정도로 흘러내렸고 들려오는 것은 조자권의 비명 소리뿐이었다.

때마침 늙은 노인의 음성이 다시 한 번 이어졌다.

"한 번만 더 술맛 떨어지는 소릴 내면 숨통을 끊어 준다."

음산하게 이어지는 그 목소리에 조자권이 가까스로 비명을 참으며 일어섰다.

그러더니 핏물이 뚝뚝 떨어지는 오른쪽 눈을 지혈하며 객잔 밖으로 도망치듯 뛰어 나갔다.

"녹수청산이 변치 않은 한 이 원한을 갚아 줄 것이다!"

객잔 밖에 나가서야 소릴 치는 조자권, 하나 객잔 안의 사람들 중 그 말을 귀담아 듣는 이는 아무도 없었다.

외려 그들의 시선은 자연스럽게 조자권을 도망치게 한 노인에게 향했다.

"헐헐, 도망가는 속도 하난 일품이구나."

노인은 몰려드는 시선엔 아랑곳하지 않고 술을 홀짝였다.

조자권이라면 광동과 복건을 통틀어도 능히 열 손가락 안에 꼽힐 권사이니 능히 일류 고수라 불릴 수 있는 이였다.

그런 이를 어찌 손썼는지도 모르게 쓰러트린 노인, 하나 그 모습은 초라하기 이를데가 없었다.

아이나 입을 법한 색색의 저고리를 걸친 난쟁이 노인,

그 모습에 모여든 시선들에 실망감이 서렸다.

이를 감지했는지 노인이 버럭 소릴 질렀다.

"뭘 쳐다봐! 네놈들도 노부의 염라살전(閻羅殺錢) 맛을 보고 싶으냐?"

소리치는 노인의 자그마한 손가락 사이사이에는 녹이 잔뜩 쓴 엽전들이 끼워져 있었고, 그제야 노인의 정체를 알아챈 몇몇 사람들의 안색이 창백해졌다.

"소염괴동(小染怪童)……."

어디선가 흘러나온 음성에 다시금 냉랭한 침묵이 객잔 구석구석으로 퍼져 나갔다.

소염괴동이라면 근 삼십 년 전부터 남해 일대에선 전설로 통하는 인물이었다.

거경방회라는 해적 집단이 장악한 섬에 단신으로 들어가 그 섬에 사는 이들을 몰살시켜 버린 것으로 유명해진 이였다.

동전 하나에 목숨 하나씩을 끊어낸 그의 암기술이 한때 사천당가를 넘어섰을 정도라 평해질 정도이니 조자권 같은 이와는 아예 급이 다른 고수인 것이다.

그 후 완전히 잠적하지 않았다면 악명이 되었던 그 무위가 되었던 당대 십대 고수인 천중십좌에 꼽힌다 해도 이상할 것이 없는 이가 바로 바로 색동옷을 입은 기괴한 난쟁이 노인의 정체였다.

"키키키킥! 한심한 놈들. 네놈들 같은 버러지들을 모아 놓고 무얼한다고……."

한심하다는 듯 혀를 차던 난쟁이 노인이 술잔을 신경질적으로 들이켰지만 어색한 침묵은 여전히 계속되었다.

때마침 객잔 문이 귀에 거슬리는 소리를 내며 열리고 누군가가 들어섰다.

문 밖의 어둠을 등지고 흑색 장포를 입은 건장한 사내가 저벅거리는 발자국 소리를 남기며 들어선 것이다.

그리고 그 사내의 모습에 한 번 더 좌중이 술렁거렸다.

새까만 피부에 더없이 차갑기 만한 눈을 가진 사내, 소문으로만 떠돌던 누군가와 그 모습이 너무나 겹쳐졌기 때문이었다.

흑면수라, 아니, 이제는 벽마라 불리며 무암 진인과 더불어 천하제일을 다툰다고 알려진 경세의 고수가 바로 그가 아닐까 하는 추측을 하는 이들이 대부분이었다.

하나 객잔 안쪽으로 들어선 이족 사내는 그런 좌중의 시선에는 전혀 아랑곳하지 않고 비어 있는 자리 쪽으로 걸어갔다.

마침 그러한 과정을 지켜보던 소염괴동은 은근한 짜증이 치밀었다.

걸음걸이는 물론 그 발자국 소리만 들어도 내력의 깊이를 확연히 짚어 낼 수 있는 소염괴동이기에 이족 사내 하나가 일으킨 변화에 기분이 잔뜩 상한 것이다.

"하다하다 이젠 별의별 놈이 다 오는구나. 아무리 시절이 흘렀다지만 이족 나부랭이가 겁도 없이 중원의 행사에 얼굴을 들이밀다니……."

소염괴동의 음성에 좌중은 일제히 흠칫하면서도 그 눈빛들이 묘한 기대감으로 빛났다.

말로만 듣던 절정 무인들의 격돌을 눈앞에서 볼지도 모른다는 설렘 때문이었다.

하나 그것도 잠시뿐이었다.

이족 사내는 소염괴동의 비아냥거림에는 전혀 아랑곳하지 않고 빈자리에 앉아 버렸다.

그러자 이내 맥이 빠진 듯한 한숨 소리가 여기저기 이어졌다.

그가 벽마라면, 단신으로 오수련의 무인 수백을 격살하고 또한 단신으로 화산의 장로들과 매화검수들을 반병신으로 만들어 버린 그 벽마라면 결코 이런 빈정거림을 듣고 참지 않을 것이란 생각 때문이었다.

당연히 기대감이 허탈함으로 변하며 그가 벽마가 아닐 것이라 생각하게 되었다.

그때 다시 한 번 객잔 문이 열리고 또 다른 중년 사내 한 명이 들어왔다.

여전히 객잔 안의 침묵이 이어지고 있으니 그의 등장에도 또다시 시선이 몰릴 수밖에 없었다.

그렇게 새롭게 나타난 이의 모습에 소염괴동이 참지 못하고 짜증을 폭발시켰다.

"컬컬컬컬! 하다하다 이젠 별놈들이 다 오는구나. 외팔이 녀석이 어울리지도 않은 대도라니……. 하긴 덩치는 곰 같아 어디서 산적질은 해 먹을 수 있겠구나."

소염괴동의 말처럼 객잔 안쪽으로 들어선 사내의 모습은 어찌 봐도 초라해 보일 수밖에 없었다.

커다란 덩치에 외팔, 그리고 그 덩치만큼이나 큰 대도를 허리춤에 패용한 사내는 딱 산적이라고 해야 마땅할 것 같은 모습이었다.

한데 그 순간 중년 사내의 부리부리한 눈이 소염괴동을 향했다.

알 수 없는 강렬한 압박감에 흠칫 놀란 소염괴동이 손가락 사이의 철전들을 저도 모르게 꽉 움켜쥐었다.

"내 다짐한 것이 있어 함부로 칼을 뽑지는 않소이다. 하나 그 상대가 제 자식 죽인 복수를 한다고 수적은 물론 죄도 없는 그들의 아이와 부녀자까지 칠주야를 괴롭히다

죽인 늙은이라면 망설일 이유가 없소이다."

외팔 사내의 입에서 흘러나온 음성이었다.

소염괴동이 깜짝 놀라 눈을 치켜뜨며 괴소를 흘렸다.

"클클클. 네놈이 그걸 어찌 아는지는 모르겠다만 죽을 이유 하나는 충분하구나. 감히 삼십 년 동안 잊고 지낸 노부의 기억을 떠올리게 했으니."

소염괴동이 슬쩍 자리에서 일어섰다.

"내 우리 아들놈의 이 색동저고리에 맹세했느니라. 너를 아프게 한 모든 것들에게 더한 절망을 주겠다고…….
외팔이 병신 따위가 감히 그걸 꺼내!"

노인의 손끝에서 노닐던 여덟 개의 엽전이 빛살처럼 외팔 사내를 향해 쏘아졌다.

순간 사내가 팔을 치켜들더니 대도를 꺼내 휘둘렀다.

따다다다다다당!

요란한 금속음이 좌중의 귀청을 때릴 정도로 강렬하게 터져 나왔고 삽시간 다시 더없이 침묵이 이어졌다.

그 직후 드러난 승패는 너무도 명확했다.

소염괴동이 날린 염라전 여덟 개가 박혀 있는 곳은 놀랍게도 소염괴동 앞에 놓인 탁자 위였다.

털썩 자리에 주저앉아 부들부들 떨기만 하는 소염괴동, 상대가 자신보다 까마득한 고수라는 것을 그제야 절절히 느끼고 있는 것이다.

"더해 보겠소?"

외팔 사내가 입을 열었는데도 소염괴동은 아무 말도 하지 않고 그저 부르르 떨기만 했다.

그제야 대도를 다시금 패용한 사내가 빈 자리를 찾아 주변을 두리번거렸다.

당연히 이 일을 지켜보던 이들의 시선이 그를 주목할 수밖에 없었고 그중 식견 있는 누군가의 입에서 나직한 음성이 흘러나왔다.

"도왕!"

당대 최악의 살귀들이라 하여 칠패라 불리는 마종들 중 하나가 바로 도왕 금도산이었다.

그의 정체가 드러나자 객잔의 사람들 모두가 숨소리도 제대로 내뱉지 못했다.

그러한 침묵 속에서 좌우를 두리번거리는 금도산, 한데 때마침 빈자리를 찾던 금도산 앞으로 이족 사내가 다가섰다.

사내의 새까만 얼굴을 잠시 바라보던 금도산이 눈을 치켜떴다.

"자네?"

"오랜만에 뵙습니다. 사다인입니다."

이족 사내 사다인이 금도산을 향해 포권을 취했다.

이를 마주 대하는 금도산의 얼굴에 환한 웃음이 머물렀다.

"하하하하! 내 자네 소식은 듣고 있었지. 연후와 그 아이와 함께인 것인가?"

눈앞의 사다인이 벽마이며 그 벽마와 연후가 신주쌍마란 별호로 불린다는 사실을 금도산 역시 잘 알고 있었다.

하나 그 이전에 연후의 친구이니 자신에겐 조카 같은 존재였다. 반가운 마음에 목소리마저 커지는 금도산.

"단오절 악양에서 헤어진 것이 마지막입니다."

"그렇구먼. 한데 자네는 정말 그때 유가장에서 봤을 때나 지금이나 똑같은 얼굴이구먼."

"……."

"하하하하! 한데 어쩐 일인가? 설마 여길 먹겠다고 온 건 아니겠지? 하긴 소문 속 자네라면 무리도 아니겠지만……."

"관심 없습니다. 단지 잡아 없애야만 하는 놈들이 있어……."

사다인이 말끝을 흐리자 금도산의 눈빛이 번뜩였다.

"좋군, 좋아. 자네라면 편히 마셔도 될 듯하네. 어떤가?"

"연후에게 백부님이시면 제게 남이 아니십니다."

사다인과 금도산이 만났다.

*　　*　　*

지하 계단을 한참이나 내려온 음사가 도착한 곳은 입구가 완전히 막힌 커다란 석벽 앞이었다.

언뜻 보면 복도 끝이라 완전히 막혀 있는 것으로 보이는 곳, 하나 석벽의 틈으로 미세하게나마 공기가 흐른다는 것을 느낄 수 있었다.

아니나 다를까 막혔던 석벽이 그르릉거리는 소리를 내며 옆으로 빙글 돌자 갑작스레 환한 불빛이 쏘아져 음사의 눈가를 찌푸리게 했다.

"들어오시게."

안쪽에서 들려오는 목소리를 따라 밀실 안에 들어선 음사의 눈길이 은은하게 떨리기 시작했다.

곳곳에 박혀진 야명주 때문에 한 번 놀랐고 짐작보다 훨씬 넓은 공간이 석벽 너머에 존재한다는 사실 때문에 또 한 번 놀란 것이다.

하나 무엇보다도 그가 놀란 것은 자신을 부른 음성의 주인이 전혀 예기치 못했던 이라는 사실이었다.

"역시 곽 통령의 말이 틀리지 않았구먼. 사실 나는 자넬 모르네만 자네는 내 얼굴을 알 거라 하더구먼."

그렇게 입을 여는 중년의 사내는 확실히 구면이었다.

한 오 년쯤 전에 은밀히 태공공을 찾아왔던 인물.

당시엔 그저 천하상단의 운남지단주로만 알려졌던 이로 황실과 각종 약재들을 은밀히 거래하기 위해 태공공에게 칠채보원주를 선물했던 이가 바로 눈앞의 중년 사내였다.

하나 단지 그뿐이라면 음사가 이 정도로 놀라지는 않았을 것이다.

그가 바로 칠패 중 독마라 불리는 인물이며, 이번 운남의 지부대회에서 배첩 하나를 따냈다는 정보까지 알고 있었기에 음사의 놀람은 커질 수밖에 없는 것이다.

더구나 그런 독마와 곽영이 서로를 알고 있고 그 관계가 생각보다 훨씬 깊다는 사실에 또다시 의문이 일었다.

곽영을 곽 통령이라 부르는 것만 보아도 금의위 시절에 형성된 관계이니 그 사이가 보통이 아니라는 것이다.

묘한 분위기에 음사는 대관절 일이 어떻게 돌아가는지 몰라 눈만 데굴데굴 굴릴 뿐이었다. 한데 그런 음사의 머릿속을 더욱더 복잡하게 만드는 음성이 이어졌다.

"허허, 대인께서 허락하시고 곽 통령이 소개하였다면

이제 남이 아닌데 뭘 그리 생각하시나? 이 늙은이 괴개라 하네."

역시나 칠패 중 또 하나에 이름을 올리고 있는 괴개가 나섰다.

입가에 미소를 지으며 반가운 척을 하는 늙은 거지의 모습에 음사는 아예 넋이 나간 모습이었다.

이는 괴개나 독마의 무공이 도저히 어찌해 볼 수 없을 정도로 강하다거나 그 명성의 무게 때문만은 아니었다.

'대체……. 대체 어떻게 곽영 그 자식이 이런 전대의 거마들과 연관이 있는 거냐구!'

음사의 머릿속엔 온통 그 생각뿐이었다.

그리고 이런 인물들과 곽영이 꾸미는 일이 대체 무엇인 줄 몰라 답답함만 더해 가는 것이었다.

때마침 들려온 독마 갈목종의 음성.

"이제라도 다행이라 생각하게, 번천회(翻天會)에 들어온 것을. 머잖아 세상이 크게 바뀔 것이라네."

비무의 시작

중추절 영웅대회가 시작된 천목산의 하늘 색깔은 짙은 안개가 층층이 더해진 것처럼 우울한 잿빛이었다.

바람은 수풀 사이를 지나며 으스스한 소리를 내고 있었고 산중인지라 기온 또한 뚝 떨어져 제법 쌀쌀함을 더하는 날이었다.

하나 그런 것들은 정작 비무가 시작되며 뿜어지기 시작한 열기로 인해 멀찌감치 날아가 버렸다.

절강 포정사 홍문규의 짧은 개회 선언과 연이어진 절강 도지휘 첨사들의 대진 발표를 끝으로 개시된 비무.

그 진행은 칠성절 각 성에서 벌어진 지부의 비무대회와 별반 다를 것이 없었다.

다만 주관하는 관리의 품계가 훨씬 높아졌다는 것과 마주하여 싸워야 하는 무인들의 수준이 전혀 다르다는 것뿐이었다.

특이한 것은 비무대와 군중들 경계에 구문오가를 중심으로 붉은 배첩을 받고 참석한 이들의 자리가 마련되었다는 것이다.

혹여 비무의 여파로 엄한 구경꾼들이 상할 수도 있다 하여 내려진 조치였는데, 이 때문에 일찌감치 비무대와 가까운 자리를 차지하기 위해 나섰던 이들 사이에서 불평불만이 쏟아져 나오기도 했다.

그렇다고 감히 구문오가의 고수들에게 앞자리를 내달라 할 수는 없는 일, 하여 지부의 비무대회처럼 참관인도 주관자도 없는 그야말로 생사를 걸고 다투는 비무가 시작된 것이다.

패배를 자인하거나 싸울 수 없는 상태가 되거나 그도 아니면 죽어야만 끝나는 비무.

독이나 암기는 물론 그 어떤 수단보다도 승리만이 전부인 생사대회전의 장이 열린 것이다.

더구나 참가하는 이들 누구 하나 무시할 수 없는 고수들로 이루어진 영웅대회이니 대륙 전역에서 수많은 이들이 천목산을 찾은 것은 당연했으며, 그 외에도 그저 구경을 위해 혹은 단순한 호기심으로 이곳을 찾은 이들의 수도 절대 무시할 수가 없었다.

비무대가 세워진 중청 광장 주변으로 빽빽이 운집한 군웅들의 수가 족히 칠팔천은 헤아릴 정도였고 그보다 많은 이들이 광장에 진입하지 못해 이를 막는 금군들과 큰 실랑이를 벌여야 했을 정도였다.

어찌 되었든 무림왕을 뽑는 영웅대회는 그렇게 시작되었고 그때부터 울리기 시작한 함성은 음산해 보이던 천목산의 날씨마저 변하게 만들었다.

첫 비무의 시작부터 모두의 예상을 깨는 무시무시한 격전이 벌어졌다.

공동파의 꿈이라 하여 환몽(幻夢)이란 별호가 붙은 사내 철대종과 절정각의 후인이라 하여 소검후(小劍后)란 별호를 쓰는 여인의 대결.

누구라도 환몽의 승리를 의심치 않았다.

일찌감치 십수(十秀) 중 하나로 꼽히며 후대 천하제일검을 노려 볼 만하다던 철대종의 상대가 흑천겁란 때 사라진 것으로 알려진 절정각의 후인이라 하니 무게의 추가 당연히 한쪽으로 기울 수밖에 없었다.

더구나 두려움에 떨기라도 하듯 가슴에 은색 장검을 꼭 쥐고 있는 여인의 모습에서 과거로부터 회자되는 검후의 전설을 떠올릴 수 있는 이는 없었다.

하나 막상 뚜껑을 열어 보니 전혀 달랐다.

절정검(切情劍)이 은색의 검광을 뿌리기 시작하자 오히려 밀리는 것은 공동의 철대종이었다.

그녀의 검이 조금 더 독했다면, 아니, 그녀의 마음이 조금만 더 강했더라면 결단코 승리는 소검후의 것이 되었을 것이다.

하나 생사를 걸고 임하는 싸움에서 승부는 그야말로 찰나의 망설임 때문에 결판나는 것이다.

철대종은 망설이지 않았고 소검후는 그의 일검에 오른쪽 팔목이 잘려 나가기 직전의 중상을 입어야 했다.

철대종이 공동의 제자가 아니었다면 그녀는 평생 오른손이 없는 상태로 살아야 했을 것이다.

그렇게 승부가 났고 관중은 열광했다.

패배자는 잊히고 승자는 환호를 받는 것이 당연했지만 여인의 몸으로 화려한 검식을 펼쳐 낸 소검후도, 단호한 일검으로 반격해 승리를 취한 환몽 철대종도 모두 군중의 찬탄의 열화와 같은 성원을 받았다.

두 번째 비무는 앞선 비무와는 또 달랐다.

복건의 파풍도객(破風刀客)과 용화문의 소문주 축융권(畜融拳) 서연국의 비무였고 그 결과는 너무나도 처참했다.

삼십여 수의 공방을 주고받던 어느 순간 갑작스레 펼쳐진 파풍도객의 성명절기에 서연국의 몸이 일순간에 세 토막으로 분리되었으며 그 피가 비무대 위에 흥건히 뿌려진 것이다.

그저 비무인 줄 알고 모여들었던 이들이 그 처참한 모습에 토악질을 했으며, 무공을 아는 이들은 하나같이 눈살을 찌푸렸다.

고하의 차이가 분명한 상대를 너무도 잔인하게 베어버린 파풍도객의 행태에 분노하면서도 그것이 이번 영웅대회의 참 모습임을 깨우치며 더없이 침울한 분위기로 변해버린 것이다.

그 뒤로도 계속해서 비무대회가 이어졌다.

구문오가의 고수들과 어디어디에서 이름을 날렸다는 고수들 간의 치열한 싸움들.

더러 그 비무 끝에 의식을 잃기도 하고, 더러는 스스로 패배를 자인하기도 하고 또 어떤 비무는 파풍도객 이상의 잔인한 결과를 내놓기도 했다.

그 비무대 위의 모습이나 결과에 따라 광장과 군중들의 분위기 또한 시시 때때로 급변할 수밖에 없었다.

이윽고 희뿌연 안개 같던 구름이 걷히고 해가 중천에 이르렀을 즈음엔 십여 번째의 비무가 한창이었다.

“쯧쯔, 끝났네.”

군중 사이에 섞여 있던 무린의 음성에 옆자리의 암천이 고개를 갸웃했다.

둘의 비등한 공방으로 보아 아직 한참이나 격전이 이어질 것으로 보였기 때문이었다.

한데 잠시 뒤 놀라운 일이 벌어졌다. 혁무린의 말처럼 급작스런 변초 한 번에 승부가 결판나 버린 것이다.

“헉! 어떻게 구절검(九切劍)이 이길 줄 아시고?”

“그냥 보면 아는 거지. 그나저나 배당이 어떻게 되나?”

“이번 건 둘의 실력이 비등비등해서 크게 남질 않을 것 같습니다.”

“흠, 역시 종잣돈이 문제인가? 전 판처럼 배당 좋은 경기가 많이 열려야 되는데…….”

무린이 아쉬운 듯 입맛을 다시자 암천이 슬쩍 한소리를 했다.

“이런 속도라면 청조의 비무가 최소한 열흘은 더 이어질 것 같은데 뭘 그리 고민하십니까?”

“하하! 그렇지?”

연이어진 무린의 너스레에 암천이 고개를 절레절레 저었다. 이럴 때 보면 어찌 눈앞의 이 사람이 망량겁조의 전인일까 싶었다.

고작 은자 열 냥으로 시작한 비무 도박이 십여 번 만에 금자 스무 냥으로 변해 있는 상황이었다.

금자 한 냥이 은자 천 냥이니 벌써 백 배가 넘는 이문을 남긴 것이다.

그렇게 되기까지엔 열두 번째 열린 비무의 영향이 가장 컸다.

청해에서 올라왔다는 괴노인과 종남삼절로 알려진 종남파의 전대 장로 유청과와의 비무.

그 이름값이 너무나 차이나 괴노인의 배당은 무려 열다섯 배에 달하지만, 유청에게 걸면 고작 세 푼의 배당금뿐이 떨어지지 않았다.

사실 이런 배당에 돈을 거는 이들은 대개가 큰손들이다.

승리가 확실하기 때문에 한없이 돈을 거는 것이다.

은자 한 냥의 세 푼은 철전 세 개가 전부지만 금자 만 냥의 세 푼은 금자 삼백 냥에 달하니 앉은 자리에서 은자로 삼만 냥의 거금을 벌 수 있는 기회인 것이다.

돈이 그리 걸리면 반대편엔 일확천금을 노리는 이들이 돈이 몰리는 것이 도박판의 법칙인 것이고.

하지만 결과는 모두의 예상을 뒤엎었다.

청해에서 왔다는 괴노인의 승리였다.

그것도 단 일초에 결정 난 승부.

귀노(鬼老)라는 이름으로 참가한 괴노인의 일수가 종남 삼절의 어깻죽지를 비틀어 검을 빼앗아 버린 것으로 끝난 너무나도 허무한 싸움이었다.

이제까지 열린 비무대회의 가장 큰 이변이기도 했다.

"이야 저 양반도 여길 다 나왔네. 하긴 불이무학의 유일한 전인이니까……."

"대체 저…… 저 노인이 누굽니까?"

"아저씨는 정말 머리가 나쁜 건가? 기억 안 나? 유가장에서 우릴 구해 주었던 삭월신(削月神)의 후예잖아."

암천은 그제야 노인을 알아볼 수 있었다.

그 시절 그때 중살이란 이들 중 하나를 육편으로 천참만륙시켜 버렸던 노인, 그때만해도 온몸에 치렁치렁 쇠사슬을 두르고 있었던 노인인지라 일변한 모습에 쉽사리 그를 알아보지 못한 것이다.

그 덕분에 종자돈으로 불려 놓았던 은자 이백 냥이 단번에 삼천 냥으로 불어났다.

하나 그것이 마냥 기쁠 수가 없었다.

그제야 암천은 실감할 수 있었다. 그런 이들이 앞으로

줄을 지어 나오리라고.

이번 천목산의 영웅대회야말로 진정한 천하제일을 논할 수 있는 자리가 될 것이라 여겨졌다.

물론 옆에 있는 혁무린을 제외하고 말이다.

암천이 그런 생각들을 하고 있는 사이 비무대가 정리되고 포정사 옆에 있던 젊은 장수의 목소리가 다시 한 번 터져 나왔다.

"사천의 천수낭랑, 호북 현진 도장 앞으로!"

열다섯 번째 비무를 알리는 음성에 전에 없는 환호가 터져 나오는 때였다.

무당의 현진 도장, 그 이름값이 대단해 현 무당제일검이자 천중십좌의 일인인 현운 진인의 대사형으로 알려진 인물이었다.

검 하나만 놓고 보자면 천하에서 다섯 손가락 안에 들고도 남는다는 극강의 고수, 그런 이조차 청조 비무에 나타났으니 좌중의 환호가 터져 나온 것은 당연한 일이었다.

반면 상대는 천수낭랑이란 들어 본 적도 제대로 없는 인물.

게다가 그 모습 또한 한눈에도 강호 경험이 일천해 보이는 이였다.

판돈이 일제히 현진 도장에게 몰릴 수밖에 없는 상황이었다. 하나 한 번 낭패를 당한 큰 손들은 신중할 수밖에 없었다.

하오문의 정보에는 점창의 일야태검 진우량을 제압하고 사천의 마지막 배첩을 받았다고 적혀 있었다.

이를 확인한 이들은 망설임 없이 현진 도장에게 돈을 걸기 시작했다.

진우량이 제법 이름 있는 검수라 해도 현진 도장에 대면 월광과 반딧불처럼이나 차이 나기 때문이었다.

그만큼 현진 도장은 급이 다른 상대인 것이다.

그렇게 어마어마한 돈들이 움직이며 장외가 바쁘게 돌아갈 즈음 비무대 위에 두 사람이 마주했다.

이런 자리에 선 것이 마땅찮은 것이 역력한 초로의 도사의 눈에는 노기가 가득했다.

딱히 눈앞에 마주한 사내 때문이 아니라 이 모든 상황들에 분노하는 것이다.

하나 어쩔 수가 없었다.

이렇게라도 하지 않으면 무당의 비급들이 어디의 누군가에게 전해질지 모르는 상황이니 홀로 고고하게 있을 수가 없는 일인 것이다.

"무량수불! 빨리 끝내 주겠네."

현진 도장이 눈앞에 흑의 무복을 입은 사내를 향해 나직하게 말했다.

마주한 사내가 담담히 그를 향해 포권을 취하였다.

그 순간 소란했던 장내외가 조용해졌고 덕분에 유달리 큰 웃음소리 하나가 비무장 여기저기로 쉴 새 없이 퍼져 나왔다.

"크하하하하하! 저 녀석…… 저 녀석!"

눈살을 찌푸리며 사람들의 시선이 모이는데도 무린은 배를 움켜잡고 웃기만 했다.

"저 꼴이 뭐냐? 하하하하!"

평소 즐겨 입던 학창의는 어디 가고 머리 모양조차 산발하여 한꺼번에 뒤로 묶은 연후의 모습에 무린은 죽는다고 웃음을 터트렸다.

당연히 주변의 시선이 곱지 못할 수밖에 없었고, 암천이 나설 수밖에 없었다.

"혁 공자님."

"아! 알았어. 알았다구. 아저씨 모조리 걸어요. 저 녀석한테……."

그런 소란이 일 즈음엔 연후 역시 좌중에 섞여 있는 무린을 발견할 수 있었다.

어찌나 크게 웃는지 그 많은 사람들 속에서 확연히 그

를 짚어낼 수 있었다.

그러다 눈까지 마주치게 되니 연후가 멋쩍게 웃어 버렸다.

어쩌다 보니 여기까지 오게 된 상황에 다시 만난 친우가 대소를 터트리니 무안함을 감추기가 어려운 것이다.

순간 현진 도장의 노안이 꿈틀했다.

듣도 보도 못한 어린 녀석과 검을 맞대는 것도 수치스러운데 마주한 이가 비무대 위에서 한눈을 파는 것을 목독하게 되었으니 은은한 분노가 인 것이다.

"갈! 본도가 누구라 여기는 것이냐!"

현진 도장의 일갈과 함께 무섭도록 강맹한 기운이 밀어닥치자 연후의 눈빛이 일변했다.

사실 연후의 입장에서는 상대가 누구인지는 중요치 않았다.

어차피 당예예와 약속한 것도 있고, 또 점창파의 진우량에게 부탁받은 것도 있었다.

그리고 스스로에게도 궁금했다.

자신이 어디까지 왔으며 어디까지 갈 수 있는지를 말이다.

어쩌면 이런 자리까지 오게 된 모든 것엔 이유가 있을지도 모른다는 생각까지 하게 된 연후였다.

우연히 얻은 책자 한 권으로 시작된 무림과의 인연.

거기에 평생의 지기가 된 친우들 또한 무림과의 연이 깊었고, 백부 금도산이나 모친 검한 역시 강호무림과 떼려야 뗄 수 없는 이들이었다.

그리고 이제 남은 유일한 복수의 대상인 중살 역시 무림인들이 분명하니, 자신 또한 이미 강호무림의 질곡 안에 있음을 인정하게 된 것이다.

아니, 이미 검마라는 흉명으로 천하에 알려진 이름이 있으니 그 흉명을 인정하지 않는다 해도 강호의 무인인 것만은 부정할 수는 없게 되었다는 생각이었다.

그걸 인정한 연후는 과거의 연후가 아니었다.

연후 역시 한 명의 무인으로서 눈앞의 도인과 마주 선 것이다.

도인의 기세가 밀려들자 은은히 떨리기 시작하는 무상의 공능.

하나 살기가 없는 기세 따위가 연후를 어찌할 수는 없었다.

연후가 담담히 눈앞의 도인을 향해 입을 열었다.

"한수 가르침을 청하겠습니다."

조금 전 어딘가 산만하던 것과는 달리 한 치의 흔들림도 없이 담담하게 흘러나온 음성에 현진 도장의 노안이

다시 한 번 흔들렸다.

이번에 분노가 아니라 진심이 담긴 경탄이었다.

어지간한 이라면 조금 전의 기세만으로 진의가 꺾였을 터, 한데 상대가 일말의 흔들림도 없이 반응하자 꽤나 놀란 것이다.

"좋구먼. 당가 출신인가?"

전과 달리 조금은 인자하게 흘러나온 노도사의 음성에 연후가 잠시 고민하다 답했다.

"지금은 그렇다고 답해야겠습니다."

호의로 묻는 것을 알지만 솔직하게 답할 수는 없었다.

검마가 벌써 유가장 출신의 유생이라는 소문이 파다하게 퍼진 때이니 이를 밝힐 수 없는 것도 당연했고, 그렇다고 모친을 떠올려 북궁세가 출신이라 말할 수도 없었다.

그래 봐야 더욱더 큰 분란거리만 될 뿐이었다.

그 때문에 초연검마저 팔뚝에 감아 둔 채 새로운 검을 사용하기 시작한 연후였다. 당예에가 당가의 비고에서 꺼내 준 검이니 여느 명검 못지않은 예기가 실린 장검이었다.

연후가 검신을 빼 들며 다시 한 번 포권을 말아쥐었다.

"기다리는 이들이 많은 듯하니 먼저 출수하겠습니다."

이제껏 내내 당예예에게 배운 강호의 예법이 있는지라 입을 여는 연후에게서 과거의 유생 모습을 찾기는 어려웠다.

"오게나."

현진 도장의 응대가 이어지자마자 연후가 지면을 박차고 앞으로 쇄도해 나갔다.

무산에서 배운 두 가지 경신공부의 묘리가 가미되어 있는 연후의 보법에 현진 도장의 눈이 치떠졌다.

전궁만리영은 곧고 빠르며 풍령비는 자유롭게 변화한다.

그 진의가 초극에 이른 무상의 공능과 더해지며 전혀 다른 형태로 표출되었고 이를 통해 경신의 묘를 터득하게 된 연후였다.

섬전처럼 빠르면서도 그 변화를 예측하기 힘들 정도의 움직임.

현진 도장이 대경하여 검을 뽑았다.

차창!

검과 검이 부딪히며 일어난 강렬한 금속음이 청아하게 퍼져 나갔고 그 순간 현진 도장의 눈이 다시 한 번 부릅떠졌다.

검을 맞댄 순간 손끝이 저릿하게 느껴지는 반탄력에

공력마저 자신의 아래가 아님을 깨달은 것이다.

무당을 위해 나섰으나 자칫 사문의 이름마저 추락시킬 수 있다는 생각에 혼신의 힘을 다하기 시작한 노도인.

검이 부딪혔다 튕겨지는 순간 그는 태청강기를 있는 힘껏 끌어올리며 상체를 반회전시켰다.

슈앙!

상대의 검에서 밀려든 힘에 자신의 힘까지 더한 고절한 한 수였다.

하나 연후는 검을 부딪치기 보다는 피하는 것을 선택했다.

반보를 뒤로 빼 아슬아슬하게 검을 피한 연후가 외려 현진 도장의 팔목을 노렸다.

순간 부릅떠지며 회심의 미소를 짓는 노도인.

엇나갔던 검신 끝에서 세 자나 되는 푸른 검기가 치솟아 검기 채로 몸을 휘돌린 것이다.

후아아앙!

강렬한 검기와 함께 이는 맹렬한 파공음에 연후의 얼굴이 굳어졌다.

피하기가 쉽지 않은 상황!

물론 무상검결의 흐름에 자연스레 몸을 맞기면 이를 쉽게 파훼할 수 있다는 것을 잘 알고 있었다.

아니, 광안을 열기만 한다면 너무나도 쉽게 눈앞의 상대를 제압할 수 있음이 분명했다.

눈앞의 노도사 무공 정도는 태공공이나 당가의 대모에 비할 바가 못 되기 때문이었다.

하나 무상의 공능이나 광안에만 의지하게 되면 무공이 답보될 수밖에 없다는 것을 깨우친 연후기에 절체절명의 순간이 오기 전까진 절대 사용치 않겠단 다짐까지 한 상태였다.

외려 이 두 가지를 제어하느라 본류인 염왕진결마저 제대로 펼치지 못하고 있었다.

하나 그것은 본신 무공의 발전을 위해서 반드시 필요하고 또 검마라는 흉명을 감추는 데에도 도움이 된다는 생각이었다.

지척으로 날아든 노도사의 검을 향해 연후의 검이 맞부딪혀 갔다.

그 순간 염왕진결을 끌어올리는 연후!

그렇게 검과 검이 맞부딪치고 일어난 결과에 마주한 현진 도장은 물론 장외의 수많은 군웅들마저 넋이 나간 얼굴이었다.

쇠가 썰리는 소리가 나더니 현진 도장의 검이 그대로 잘려 버린 것이다.

쨍그랑!

매끄럽게 반 토막 난 검신이 바닥에 떨어지며 맑은 금속음을 울리는 그 순간까지도 현진 도장은 아연 실색한 표정을 지우지 못했다.

장외에 있는 이들 중 몇이나 보았을지 모르겠지만 직접 마주한 현진 도장만큼 똑똑히 느낀 이는 없는 탓이었다.

찰나지간 상대의 검신에 서렸다가 사라진 붉디붉은 빛살.

"검강지경에 들어선 것인가?"

노도사 현진 도장의 음성이 떨렸다.

단순히 검강을 펼칠 수 있기 때문에 패배를 자인하는 것이 아니었다.

그것이 얼마나 능숙하게 또 얼마나 자연스럽게 이어지느냐는 또 다른 경지의 문제였다.

더구나 그것이 지척에서 검을 대한 자신에게만 느껴졌다는 것은 상대가 무위를 한참이나 감추고 있다는 뜻이기도 했다.

마음먹고 더 싸우자면 앞으로도 최소한 수백 초를 더 겨룰 자신이 있었으나 반 토막 난 검을 들고 추한 꼴을 보이고 싶지 않았다.

"졌네. 하나 사제가 나섰으면 달라졌을 것이고 사조께서 나섰다면……. 아닐세. 이런 말이 다 무어라고……."

무당을 위해 마지막 변명이라도 해 보려던 현진 도장이 이내 휙 하고 돌아섰다.

망연한 얼굴을 한 무당의 사형제들과 제자들 앞에 낯을 들기 어려웠으나, 패배 또한 받아들일 줄 아는 것이 무당의 검이라 가르친 자신이 더 이상 못난 모습을 보일 수는 없었다.

연후의 승리.

정확히는 천수낭랑의 승리가 확정되었으나 좌중은 환호할 수가 없었다.

예상치 못한 승부에 당황한 이들도 그러했고 현진 도장에게 돈을 건 이들 또한 그러한 반응이었다.

하지만 그 가운데에도 더없이 흥에 겨운 목소리만은 빠지지 않았다.

"으하하하하! 대박이다. 대박!"

무린의 목소리가 터져 나왔고 연후가 그런 무린을 향해 무언의 압력을 행사했다.

경박스럽다.

그 눈은 분명 그리 말하고 있었지만 이 또한 익숙한 무린이니 그 눈빛에 기가 죽을 리 없었다.

멀찌감치 떨어진 군웅들 사이에서 히죽하고 웃기만 하는 무린, 그 모습에 연후 역시 웃지 않을 수 없었다.

어딜 가든 그 어떤 자리에 있든 변치 않는 한결같은 무린의 모습 때문이었다.

연후가 고개를 절레절레 저으며 비무대를 내려가는 동안에도 많은 이들이 시선이 연후에게로 향할 수밖에 없었다.

마침 비무대 아래쪽에 환하게 웃고 있는 당예예를 만났다.

그녀는 연후를 만난 이래로 가장 환하게 웃었다.

"혁 공자의 말처럼 정말 대박이네요. 당가의 전 재산이 공자님 덕에 두 배로 늘었으니까요."

연후의 입에서 끙 하는 한숨이 흘러나오는 순간이었다.

그 즈음 무린의 입에선 나지막한 비명이 흘러나왔다.

"왜! 왜! 이거밖에 안 되는데?"

"그게...... 막판에 당가에서 어마어마한 금자를 쏟아부어서......."

* * *

도합 백여 회에 이르는 청조의 첫 번째 비무가 모두 끝난 것은 중추절로부터 삼 일이 지난 오후였다. 그 사이 가장 분주하게 움직인 이들을 꼽으라면 단연 하오문의 문도들이라 할 수 있었다.

"그래, 결산이 어떻게 되나?"

삼 일간 비무 도박판을 주관하며 얻은 수익을 따져 묻는 하오문의 문주 여운대의 눈빛이 매섭게 빛났다.

흡사 거대한 두꺼비를 보는 듯 얼굴 살점이 턱까지 늘어진 여운대였지만 그 눈빛만은 살벌하기 그지없었다.

하오문이 온갖 잡스러운 일들을 도맡아 처리하며 강호인들에게 무시당하고 있는 것이 사실이지만 십만 명에 달하는 하오문도들의 총수인 여운대마저 그런 것은 아니었다.

일파의 종사 대접은 못 받더라도 최소한 중소방파의 우두머리 대접은 충분히 받고 있는 것이 비대한 체구의 하오문주 여운대였다.

전수(錢獸) 혹은 금전돈(金錢豚)이라는 그의 별호처럼 돈 되는 일은 아귀처럼 달려드는 이가 바로 여운대였으며, 이번 영웅대회의 도박권을 따내기까지 들인 그의 노력 역시 결코 적은 것이 아니었다.

"첫날의 총 판돈이 금자로 이백칠십만 냥이고, 둘째 날은 사백이십만 냥, 그리고 오늘은 백팔십 냥입니다."

대답을 하는 염소수염의 사내는 하오문의 총관이자 산반(算飯)이란 별호로 알려진 노국종이었다.

돈 계산 하나는 강호 제일이라는 이가 바로 산반 노국종이니 결코 틀릴 리가 없었다.

그 때문에 여운대의 눈가가 잔뜩 일그러질 수밖에 없었다.

"어째서 이렇게 들쭉날쭉한 건가?"

"첫날이야 그저 조심해서 그랬다고 치지만, 둘째 날이 문제였던 거 같습니다. 예상 밖의 결과가 너무 자주 일어나 전주들의 주머니가 말라 버렸습니다. 그리고 오늘은 걸고 싶어도 걸 돈이 없던 것이지요."

"흐음. 문제구먼."

"그렇습니다. 어차피 저희야 이 푼의 수수료만 챙기면 되는 일 아니겠습니까? 벌써 전주들의 주머니가 비어 버렸으니 판돈 자체가 팍 쪼그라들었습니다."

"젠장! 왜 이따위 일들이 벌어진 거야!"

여운대가 잔뜩 흥분해서 목소리가 높아지자 노국종이 애써 그를 달랬다.

"일단은 기다려 보시지요. 이런 속도라면 최소 보름이고 길면 스무 날은 비무가 이어질 겁니다. 본디 도박이라는 것이 날이 더하면 판이 커지는 법 아니겠습니까? 이제 겨우 작은 판 하나가 끝났을 뿐입니다."

"모르는 소리! 진짜 큰돈을 쓰는 놈들은 이길 가능성이나 높은 배당을 보는 것이 아니야. 지지 않을 곳에 거는 거지. 이렇게 난리판이 벌어지는데 누가 돈을 때려 넣겠어?"

여운대는 지금의 상황 전부가 못마땅한 눈빛이었다.

"이젠 대략의 실력들이 드러났습니다. 내일부터는 또 달라질 겁니다."

"흐흠. 거 참. 요상탄 말일세. 어디서 그런 고수들이 난데없이 튀어나와 버린 것인지."

"그러게 말입니다."

"대체 그놈들의 정체가 뭔가?"

"몇몇은 캐냈지만 또 몇몇은 겨우 짐작이나 하는 수준입니다."

"그래? 알아낸 자들부터 불러 보게."

"북패라는 이름을 사용하는 이는 북천신도입니다."

총관의 말에 여운대의 눈가가 잔뜩 일그러졌다.

"북천신도?"

"그러합니다. 벌써 지부대회 때 보고가 올라왔습니다만 확실치 않아 말씀드리지 않았습니다."

"허, 진짜 그자가 북원의 무신이란 말인가? 그자가 대체 여길 왜?"

"뭐 뻔한 것 아니겠습니까? 그의 호전성이야 널리 알려진 것이니 중원 무학과 한판 겨루기 위해서겠지요."

"허허, 장성 너머의 소문이 반만 사실이라 해도 그를 상대할 이가 도성(道聖) 어르신뿐이질 않은가?"

"뭐, 상관없지 않습니까? 어차피 도성께서도 참가하셨으니까요. 덕분에 배당금이 없는 판이 생기긴 했습니다만……."

총관 노국종의 쓸쓸한 음성에도 불구하고 여운대의 표정은 외려 편해 보였다.

"큼. 그래도 그 양반이 나서 주신 걸 다행이라 여겨야지. 어찌 되었든 최악의 상황은 면할 것 아니겠는가? 이 분위기에 북천신도나 전대 거마 같은 자들이 무림왕이 되면 어찌 될지 뻔하네. 관부고 금군이고 한판 제대로 붙을 수도 있어. 재수 없으면 모조리 단목세가 꼴이 나는 것이고……."

"설마 그렇게야 되겠습니까?"

진짜 그런 일이야 있겠냐 하는 표정으로 노국종이 반문하자 여운대의 눈빛이 더욱 매서워졌다.

"강호에선 설마 하다 뒈지는 거야. 설강뿐 아니라 안휘와 강소의 도첨사까지 여기 와 있다는 건 조정에서도 기세에서 밀리지 않겠다는 의지를 천명한 것이지."

"그래 봐야 고작 군부의 무장들입니다. 천목산 인근에 모인 강호 무인들의 수만 해도 근 이만에 달합니다. 칼질 좀 한다 싶은 인간들은 모조리 다 모였는데 조정이 바보가 아닌 이상 사단이야 나겠습니까?"

"어허! 자네 몰라도 한참 몰라. 천 단위가 안 되는 난전이라면 몰라도 군세의 싸움이 되면 절대 못 이겨. 강호인 이만이 모였다 했지? 그중 쇠뇌살을 피할 자가 몇이나 되겠어?"

"……."

"내 군진은 잘 몰라도 이렇게 퇴로가 없는 곳에서 붙는다면 삼분지 이는 그 자리에서 끝장날 게야."

"그도 그렇겠군요. 뭐, 그래도 이쪽엔 절정의 고수들이 즐비하니 그 뒤론 일방적인 도살이 시작될 거구요."

"그리되겠지. 문제는 우리 같은 이들 아니겠는가? 우리 애들 중 그런 고수들 있어?"

"……."

"그래, 그러니까 우리 같은 놈들만 죄다 뒈진다는 거야. 그 뒤론 팔십만 금군이 움직일 거고, 결국 절정이네 어쩌네 하는 고수들도 하나둘 꼬치가 돼서 되질 게 뻔해."

"에이! 그런 일이 왜 생깁니까? 그러다 장성 너머에서 전쟁이라도 벌어지면 황성도 끝장날 수가 있는데……."

"그러니까 하는 말일세. 지금은 묘하게 균형이 맞아서 별일이 없겠다지만 한쪽이 극단으로 몰리면 뭔 일이 벌어질지 모른다는 거야. 그러니까 우리 같은 놈들은 항상 대비를 해야 하는 거고."

"네 알겠습니다. 언제나 그렇듯 몸 조심하자는 말씀이지요?"

"그렇지. 그래서 내가 자넬 좋아해! 그나저나 또 누구 주목해야 할 이가 있는가? 요새 관부 녀석들 뒤치다꺼리 하느라 정신이 없으니……."

"왜 없겠습니까? 차라리 북천신도는 양반입니다."

푸념 섞인 총관의 말에 여운대가 고개를 갸웃거렸다.

"십수 중 하나로 알려진 점창의 검호(劍虎)가 박살 났습니다. 사다인이란 이름으로 참가한 남만인입니다."

총관 노국종의 한숨 섞인 대답에 여운대의 얼굴이 시큰둥하게 변했다.

그가 벽마일지 모른다는 소문이 무성해 직접 그 싸움을 관전까지 하였기에 이는 반응이었다.

솔직히 비무 과정이 너무나도 시시해 딱히 신경을 쓰지 않았던 자가 바로 사다인이란 이족 사내였다.

점창의 미래라 불리는 검호를 근신 공박의 접전만으로 패퇴시킨 것은 분명 대단한 일이라 할 수 있지만, 검기와 장력들이 난무하며 도기와 권풍이 비산하는 절정 무인들의 싸움이 매순간 계속되는 것에 비해 그들의 싸움은 별반 주목할 것이 못되는 것이었다.

당연히 그런 이가 천하제일좌를 다툰다는 벽마일 리 없다고 단정 짓고 있는 여운대였다. 한데 그런 여운대의 머리를 망치로 후려친 것 같은 음성이 들려왔다.

"벽마 맞습니다."

"뭐?"

너무 놀라 두 눈을 치켜뜬 여운대, 어찌나 놀랐는지 두꺼비 같은 볼 살이 터질 듯이 흔들릴 정도였다.

"몇 번이나 확인했습니다. 그를 알아본 이가 있습니다. 제갈소소 아시지요? 과거 그에게 납치까지 당했다 하니 알아보지 못할 이유가 없습니다. 오늘 오수련의 무인들이 보이지 않은 것이 모두 그 때문이랍니다."

"진짜야? 벽마가 왜 그렇게 약해? 설마 이제 뇌령마군의 그 무시무시한 절기는 못 쓰는 건가?"

"그거야 알 수 없습니다만 설마 그런 상태라면 여길 왔겠습니까? 곧바로 무덤이 될 터인데요."

"흠! 그렇단 말이지."

여운대는 일이 재밌게 돌아간다는 표정으로 되물었다.

"이거 바깥쪽에도 퍼진 이야기인가?"

"아닙니다. 일단은 쉬쉬하고 있습니다. 그래도 한때 오수련의 총군사까지 지낸 제갈소소가 그런 중차대한 사실을 함부로 떠들고 다니겠습니까?"

"그래? 그럼 전주들한테 은밀히 흘려."

"네?"

"그래야 판이 커지고 돈이 돌 거 아닌가? 어차피 우리야 수수료만 먹으면 되니……."

전혀 예상치 못했던 지시인지라 총관 노국종이 조심스레 되물었다.

"진짜 그래도 됩니까? 사안이 절대 가볍지 않습니다. 오수련도 오수련이지만 화산의 신검이 그냥 있겠습니까?"

"가만 안 있으면? 정사휘 그 인간은 절대 나서지 못해. 나섰다 깨지면 화산이 끝장나는데 어찌 나서겠어? 그리고 무암 진인이 있지 않은가? 오수련이나 화산이 나설 이유가 없어."

"알겠습니다."

"괜히 우리 돈까지 판돈에 걸 생각 마. 욕심 부리다 한 번 두 번 재미 붙이면 결국 전주들 꼴 나는 거니까."

여운대의 말에 내심을 들키기라도 한 듯 노국종이 흠

칫하더니 재빨리 화제를 바꾸기 시작했다.

"하하하! 제가 어찌 본문의 돈을 사사로이 쓰겠습니까? 저는 오직 문주님께 충성을……."

"시끄럽고, 이제껏 말한 이들이 전부인가?"

"사실……."

노국종이 조금 전과 달리 잔뜩 긴장한 눈빛으로 조심스레 말문을 열기 시작했다.

"사실 진짜 드릴 말씀은 지금부터입니다. 일단 오늘 낮에 벌어진 비무 중 아미절창을 일도(一刀)로 물러나게 한 육진풍이란 노인이 수상합니다."

"아! 그 무시무시한 도법을 펼치던? 그치 대체 정체가 뭔가? 어디서 그런 자가 나타나 아미의 호법승을 일초에 제압한단 말인가?"

"그게 화산파 앞에서 객잔을 운영하던 노인장이라 합니다."

노국종의 염소수염이 파르르 떨리기 시작하자 여운대는 잠시 골똘하게 무언가를 생각하다 두 눈을 치켜떴다.

"설마?"

"네, 그 설마가 맞을 겁니다."

"정말로 소문만 무성하던 그 중살이란 말인가?"

"십중팔구라 여겨집니다."

"허허허허! 중살이라니……."

너무 놀라고 당황하여 허탈한 웃음마저 흘러나왔다.

지난 수십 년간 강호인들의 가장 큰 비밀이자 의문이라 할 수 있는 중살의 존재가 이렇게 뜻하지 않게 나타날 것이라곤 전혀 생각지도 못했기에 이는 반응이었다.

"그런데 혼자 나선 것 같지가 않습니다. 음산노괴의 목을 일검에 따 버린 죽노야란 이가 무당과 지척에 있는 죽림원의 장주랍니다."

"엥?"

"거기에 적발검귀 오두삼의 머리통을 터트려 버린 노인은 소림의 불목하니로 지내오던 자라 합니다. 불성 어르신과 동배로 과거의 나한승이었다는데 그 법명이 지명이었다 합니다. 쉬쉬하지만 화산이나 무당과 소림 역시 지금 다른 곳에 신경 쓸 여력이 없을 정도로 난리입니다."

너무나 엄청난 이야기에 여운대는 아예 망연자실한 표정이었다.

한참이나 부들부들 떨던 여운대가 조심스레 입을 뗐다.

"하면 종남삼절의 팔을 꺾어 버린 자 역시 중살인가?"

"그건 모르겠습니다. 다만 그 또한 평범할 리 없지요. 천수낭랑과 연이 깊은 듯 보이니 중살은 아닌 듯합니다."

"천수낭랑과 인연? 그건 또 무슨 소린가?"

"모르셨습니까? 천수낭랑이 검마입니다. 유가장의 적손으로 이름이 유연후라 하지요."

"허허! 하면 신주쌍마가 모두 이번 비무대회에 나섰다는 것인가?"

"대체 관심을 어디다 두신 겁니까? 과연 붉은 배첩을 받은 이들 중 청조에서 올라 온 이들을 감당이나 할 수 있을까 싶은 이들이 지천입니다. 도왕 금도산에 독마 갈목종, 그리고 괴개까지 모두 칠패에 속한 전대 고수들입니다. 그뿐 아니라 단목세가의 가신들 하나하나가 모두 엄청납니다. 천하제일신(天下第一身)이라는 만리표객 번우에다 좌도 우검으로 그 적수를 찾기 어렵다는 표풍이절(漂風二絕) 임하중이 있고, 당대제일권사라는 패천권(覇天拳) 방인과 수공과 경신 절기로 유명한 산화삼수(散花三手) 목 노사, 천룡승(天龍僧) 단운 역시 신공 하나는 으뜸이라 칭해지는 진짜 고수들입니다. 천하제일가의 오대가신(五大家臣)이라는 명호가 어디 가겠습니까?"

거침없이 나열되는 고수들의 이름에 여운대의 눈빛이 아연해졌다.

거기에 더해지는 노국종의 일침.

"거기에 검룡 남궁인이나 팽가의 소가주 팽일원 역시

도저히 후기지수라고 볼 수 없는 무위를 지녔습니다. 모르긴 몰라도 구문오가의 장로들이라고 해도 안 될 겁니다. 팽가의 소가주만 해도 일군(一君)이 그 앞에서 벌벌 떨 정도로 고수라는 소문이 있으니까요."

총관의 연이어진 말에 여운대의 얼굴 살점들이 부르르 떨렸다.

그러기를 한참이나 하던 여운대가 애써 몸을 진정시키며 위안거리를 내놓았다.

"까짓 제깟 놈들이 싸우든 말든 무슨 상관인가! 그래봐야 결국 지들 밥 그릇 싸움일 뿐이지. 솔직히 그간 본문이 어디 강호인 취급이나 받았던가? 이참에 최대한 빨아 땡길 수 있을 만큼 돈이나 벌면 그만일 것이야. 그 돈으로 무림왕에 오르는 자에게 비급이나 몇 권 사면 될 일이고. 자고로 세상에 돈 싫다는 놈은 없는 법이니……."

은원(恩怨)

중추절 천목산 영웅대회가 시작된 지 육 일째, 그간 연후는 그야말로 정신없이 바쁜 시간들을 보내야 했다.

틈이 나는 대로 친우들을 만나는 것은 물론이요, 예상치 않게 불이곡의 귀마노사나 백부 금도산을 이곳에서 다시 만났기 때문이었다.

그뿐 아니라 무당의 노도사 이후 두 번의 비무를 더해야 했고 그중 하나는 공교롭게도 단목세가의 가신들 중 한 명이었다.

패천권사 방인과의 비무, 무산에서 이미 면식이 있는데다가 아우인 단목강의 가신임을 아는지라 편한 마음으로 나선 것도 사실이었다.

그런 마음이니 당연히 호되게 당할 수밖에 없었다.

상대는 권장지각으론 천하제일을 다툰다는 무인이었다.

그런 이를 마주하고서 안일한 마음을 먹었으니 밀리는 것은 당연한 일이었다.

적아의 구분이 무의미한 사이이며, 단지 무를 겨룬다는 것이 전부였지만 방인은 필사의 의지를 두 주먹에 담았다.

연후가 북궁가의 후예이며 검마라는 사실을 아는데 그가 손에 사정을 둘 리가 없는 것이다.

오직 주먹이란 한 길의 무공만을 참오하고 수련해 경지에 이른 패천권사 방인이니 그 앞에선 우월한 초식이나 내공의 높낮이가 큰 의미가 없었다.

최초의 다짐마저 내던지고 방인을 상대해야만 했다.

수백 초를 밀리기만 하다가 이내 무상의 공능을 개방하여 일검의 흐름을 내맡겼고, 그로 인해 승리할 수는 있었지만 아직은 스스로 갈 길이 멀었다는 사실을 확연히 깨우칠 수 있는 비무였다.

사실 처음 이곳에 왔을 때만 해도 그렇게 자신과의 다짐까지 무너뜨리며 위로 올라갈 생각은 없었다.

그렇기에 염왐진결 하나만을 사용하겠다 다짐한 것이고.

한데 도저히 그럴 수가 없게 되어 버렸다.

그들이 나타났다고 했다.

올곧은 분노와 원한의 대상일 수밖에 없는 무리들.

실로 천인공노할 자들이 분명할진데 버젓이 이곳에서 모습을 드러낼 것이라곤 정말로 상상도 하지 못한 연후였다.

그들이 배첩에 적은 이름은 육진풍, 죽노야, 목불(木佛)이었다.

당예예가 먼저 의심했고 무린이 이를 확인해 주었다.

두 사람이 어찌 그걸 알았는지는 중요치 않았다.

그것이 진실이라 하는데 괜한 의심으로 타오르는 분노를 삭일 이유가 없었다.

당장에라도 달려 나가 그들을 베고 싶었다.

돌아가신 조부의 넋과 유가장과 매화촌 식솔들의 죽음을 이제라도 달래 주고 싶었다.

하나 그럴 수가 없었다.

틀림없이 천인공노할 악적들임에도 불구하고 적어도 이 안에선 그들을 베면 안 되다는 것이다.

수천의 금군과 그보다 많은 강호인들의 공분을 살 것이라는 말을 들었다.

모든 것이 그저 정황뿐이며 그들이 중살임을 입증할

그 어떤 증거도 없다고 했다.

그렇다고 해도 참아 줄 수는 없는 일이었다.

"당신 정말 바본가요? 사다인 공자처럼 하고도 괜찮을 자신이 있는 거예요? 여기 있는 이들 모두를 죽여야 할지도 몰라요!"

때마침 들려온 당예예의 음성이 아니었다면 그들 앞으로 달려 나갔을 것이다.

"단지 며칠만 참으면 되는 일이에요. 홍조와 청조가 붙는 이차의 비무부터는 원하는 상대를 지명할 수 있다고요. 기다려야 해요. 그리고 당당하게 저 위에서 저들을 단죄하세요."

여느 때와는 또 다른 당예예의 힘 있는 음성에 연후는 터지기 직적의 분노를 애써 갈무리할 수 있었다.

그때부터는 절대로 떨어져선 안 되는 비무가 되어 버린 것이다.

무상검결이든 광안이든 아낄 이유가 없었다.

그리고 이제 그 이차의 비무까지 가기 위한 마지막 비무만이 남아 있었다.

"사천 천수낭랑, 안휘 남궁인!"

며칠째 쉬지 않고 이어지는 비무임에도 불구하고 출전자를 호명하는 금군 장수의 목소리는 여전히 우렁찼다.

그도 무인임에 분명하니 눈앞에 펼쳐지는 기경할 만한 대결에 기대감을 감추지 못하는 것이다.

이는 중청 광장을 둘러싼 군웅들 역시 마찬가지였다.

아니, 외려 처음보다 사람들은 더욱더 늘어 광장을 둘러싼 담벼락 위까지 구경꾼들로 가득한 상황이었다.

달라진 것이 있다면 이제는 그저 싸움 구경을 하러 이곳까지 왔던 일반인들은 거의 찾아볼 수가 없다는 점이었다.

그런 이들에게 하루 이틀은 신기하고 놀라운 경험이었겠지만 몇 날 며칠이 지나도 계속 되풀이되는 비무는 달라지는 것 없이 지루하게 여겨지는 것이다.

하지만 그것이 점점 더 상승의 고수들을 만나 가는 과정임을 아는 무인들에게는 비무대 위의 움직임 하나하나가 놓칠 수 없는 가르침이나 다름없었다.

당연히 군중들은 점점 더 많은 무인들로 채워져 가고 있었다.

천수낭랑과 남궁인의 이름이 들려오자 좌중의 환호성이 터져 나왔다.

무당의 장로를 꺾고 당대 제일권사라는 방인과 치열한 접전을 펼치고 승리한 천수낭랑과 당가 삼숙의 맏이라는 당이백의 독공과 암기를 간단히 제압한 것으로 신위를 드러낸 남궁인의 대결은 그야말로 누구의 우위도 점칠 수 없는 승부였다.

군중들의 환호성 속에서 연후와 남궁인이 비무대에 올랐다.

서로를 향해 포권을 취하는 두 사람.

그렇게 비무를 시작하기 직전 담담한 눈으로 연후를 바라보던 남궁인의 입술이 열렸다.

"오랜만입니다."

다 잡았던 벽마를 놓치게 한 상대가 바로 눈앞의 천수낭랑이자 검마라는 사실을 잊지 않고 있는 남궁인이었다.

연후 역시 상대가 자신을 알아보고 있다는 사실을 담담히 받아들였다.

"다행입니다. 건강해 보이시는군요."

연후의 눈길이 슬쩍 남궁인의 뒤편의 비무대 아래쪽에서 마음 졸이고 서 있는 여인에게로 향했다.

과거 눈앞의 사내가 사다인의 손에서 구해 간 여인이 바로 그녀임을 알아본 연후였다.

남궁인이 그 시선을 따라 슬쩍 뒤를 돌아본 뒤 제갈소소를 향해 환하게 웃었다.

그제야 마음이 조금 놓이는지 제갈소소도 억지로 웃음을 지어 보였다.

그럼에도 그녀는 눈가에 서린 불안감을 전부 지워내진 못하고 있음이 훤히 드러났다.

반면 남궁인의 시선이 연후 뒤편 당가 쪽에 서 있는 여인 당예예를 살폈다.

너무나 편안하고 또 너무나 담담하게 자신의 눈빛을 받아내는 당예예의 모습에 남궁인이 피식하고 웃어 버렸다.

"이거! 여자 쪽만 봐도 승부가 난 듯하외다."

긴장을 풀기 위해서인지 그도 아니면 아직은 여유가 있어서인지 남궁인의 표정에서 두려움이나 주저하는 감정을 읽을 수는 없었다.

하나 그것은 연후 역시 마찬가지였다.

"내게 무를 일러 주신 분들이 하나같이 말씀하셨소. 다시 만나 적이 될 수 있는 자라면 손에 사정을 두는 어리석음을 범하지 말라고……."

연후의 음성이 나직하게 흘러나왔다.

전에 없이 진중한, 그래서 더욱더 남궁인을 두렵게 만드는 음성이었다.

제왕검학이라 불리는 초연검결이 연후의 일변한 음성에 떨리기 시작했다.

남궁인이 이를 꽉 물었다.

"북궁의 후예라 들었소. 하나 본류는 본가의 것임을 알아야 할 것이오."

남궁인이 검을 빼 들고 달려 나갔다.

그런 남궁인을 바라보는 연후의 눈길이 복잡했다.

자세히는 알지 못하지만 모친의 가문이 멸문하는 과정에서 남궁세가의 역할이 지대했다는 이야기를 들은 기억이 떠올랐다.

하나 그런 것들은 연후에게 중요치 않았다.

북궁혈사는 까마득한 세월 전의 일일 뿐, 모친이야 그걸 이어받은 자의 의무로 검한마녀란 이름을 얻었다지만 연후가 거기까지 따질 이유는 없었다.

그저 자식 된 도리이기에 모친을 베었다는 이들 중살에 대한 원한을 키웠을 뿐.

하니 연후에게 남궁인과의 싸움은 별다른 의미가 있는 것이 아니었다.

그저 원수를 갚으러 가기 위한 과정에 지나지 않았다.

연후의 검이 날아드는 남궁인의 검끝을 향해 쏘아져 갔다.

순간 뱀의 대가리가 나무를 휘감 듯 연후의 검신을 타고 들어오는 남궁인의 검.

예상치 못한 공격에 깜짝 놀란 연후가 황급히 검신을

종으로 베어 가며 남궁인의 어깻죽지를 찔러 갔다.

하나 이 역시 기다리고 있었다는 듯 가볍게 피해내며 안쪽으로 파고드는 남궁인의 검끝!

우웅!

삽시간에 검끝에서 쏘아지는 황금빛 강기에 여기저기서 비명과도 같은 탄성들이 터져 나왔다.

고작 서른 안팎의 나이에 검강지경을 이룬 남궁인의 무위에 놀라지 않은 이가 없는 것이다.

하나 정작 심장을 찔러 오는 금빛 강기에도 불구하고 연후의 눈빛은 담담하기만 했다.

슈앙!

공기를 가르며 쇄도하는 검끝의 움직임이 꺾이고 휘어지며 연후의 지척에 이르렀다.

그야말로 환검과 변검의 극의를 보는 듯한 공격이었고 어지간한 무인들의 눈에는 십여 개의 검강이 한꺼번에 쏟아지는 것으로 보일 정도였다.

하나 연후는 고작 반보를 비틀어 아슬아슬하게 남궁인의 검을 피해냈을 뿐이다.

그리고 이내 쭉 뻗어 나가는 남궁인의 검신을 향해 강렬한 일검을 내리찍었다.

캉!

검을 내뻗던 신형이 휘청거릴 정도의 충격이 남궁인에게 전해졌지만 그 역시 초연검결의 극의를 이룬 무인이었다.

검신에 전해지는 막대한 충격을 몸을 휘돌리며 해소한 뒤 그 탄력을 이용해 다시 한 번 연후의 몸통을 베어 갔다.

하나 이번에도 그의 검은 연후를 어쩌지 못했다.

가볍게 검신을 세워 검격을 막은 연후가 이번엔 한 발을 내뻗으며 남궁인의 견정혈을 노렸다.

게다가 그 일검을 따라 순식간에 피어오르는 붉은 강기가 더해지니 좌중은 다시 한 번 눈이 휘둥그레질 수밖에 없었다.

카앙!

간신히 검면을 들어 연후의 일검을 막아낸 남궁인의 신형이 이 장이나 뒤로 밀려나며 비무대 위에 기다란 자국을 남겼고, 이내 그의 입에선 울컥 핏물이 토해졌다.

"크윽! 왠지 기분 나쁜데……. 나를 무시하는 건가?"

고통을 씹어 삼키며 입을 여는 남궁인의 음성에 연후가 잠시 고개를 갸웃했다.

"그때의 그 축지(縮地)와 같은 신법은 안 쓰는 건가? 그리고 초연검……. 나는 뽑을 필요도 없다 이거지?"

"……."

"하하, 그것이 본래 본가의 신물이라는 것도 알지 못하는 얼굴일세. 내 죽는 한이 있더라도 그걸 뽑게 해 주지."

남궁인의 표정이 일변했다.

그리고 이내 연후를 향해 쇄도해 가기 시작했다.

조금 전과는 비교도 할 수 없을 만큼 강한 기세가 담긴 일검, 하나 두 사람의 격차는 남궁인의 생각보다 훨씬 컸다.

연후의 검이 망설임 없이 남궁인을 향해 뻗어 갔다.

이글이글 타는 듯한 붉은 강기가 휘감긴 일검이었다.

카캉!

강렬한 폭음이 사방으로 비산했고 군중들은 두 사람의 싸움에 정신없이 빠져들기 시작했다.

* * *

"끝났네."

빽빽이 들어찬 사람들 틈에서 연후와 남궁인의 비무를 바라보던 혁무린의 음성이었다.

"뭐가 끝났다는 겁니까? 검룡이 약세라지만 그래도 쉽게 날 승부가 아닌 듯한데……."

무시무시한 붉은 강기가 연후의 검신을 타고 일자 좌중의 탄성과 놀람이 끊이지 않았지만 그 후로도 남궁인은 충분히 연후의 검을 비켜내고 있었다.

여전히 치열하게 전개되고 있는 두 사람의 싸움, 물론 남궁인의 비세가 확실하지만 그렇다고 연후가 그를 쉽게 제압하고 있는 상황은 아니었다.

"절대 못 이겨. 본래부터 남궁세가는 북궁가에겐 안 되게 되어 있어요."

"네? 그게 무슨 말이십니까?"

암천이 동그랗게 눈을 뜨고 되묻자 무린이 씨익 하고 미소를 지었다.

"진짜 궁금해?"

무린의 웃음에 왠지 으스스한 기분이 들었지만 암천은 궁금함을 참기가 힘들었다.

눈앞의 혁무린에게서 듣는 강호의 비사들은 실로 놀라워서 듣고 나면 세상의 비밀 한 자락을 홀로 알게 된 것 같아 어딘지 뿌듯한 마음이 들곤 하는 것이다.

"하긴! 아저씨는 남이 아니니까 알아도 되는 일이지."

이런 이야기를 꺼낼 때마다 되풀이되는 말이었지만 하도 듣다 보니 암천에게도 만성이 생겨 당황스럽지도 않았다.

"예예, 백 살까진 아직도 일 갑자는 남았습니다. 그 뒤부터 쭈욱 가신으로 살 터이니 그 사연이나 알려 주십시오. 정말로 검제가 남궁세가의 서자 출신이 맞습니까?"

강호에 떠도는 북궁세가의 비사 중 그나마 가장 그럴듯하다고 전해지는 이야기가 그것이었다. 둘의 무공 연원이 흡사하다는 것, 그래서 퍼져 나가기 시작한 소문이었다.

하지만 무린은 단호하게 고개를 저었다.

"웃기는 이야기지. 진짜로 말하면 남궁세가가 북궁세가의 서자쯤 되겠지만……."

"네?"

"사실 이건 아저씨도 알아 둬야 할 일이야. 무제 단이천이 멸망한 대리국의 황족이란 사실은 알고 있어?"

뜬금없는 무린의 이야기에 암천이 이건 또 무슨 소린가 하는 눈빛으로 열심히 눈알을 굴렸다.

무제가 아무리 환우오천존 중 한 명으로 추앙받는다고 하지만 그런 세세한 이야기까지 알고 있는 것은 아니었다.

외려 무제가 사용했던 무공이나 병장기 같은 것들이야 줄줄이 꿰고 있지만 그 출생 내력이 궁금할 이유는 없는 것이다.

그저 지다성녀가 무제의 부인이었고 무산 협곡에 사는 점쟁이 노인이 무제와 인연이 있다는 정도뿐이 아는 것이 없었다.

하여 암천은 왜 이런 뜬금없는 이야길 꺼내나 하는 생각을 할 수밖에 없었다.

한데 마침 빽빽한 인파들 사이를 뚫고 헌앙한 사내 하나가 두 사람을 향해 다가왔다.

"어찌 그걸 모르겠습니까. 본가의 가신 중 한 분이 그 대리단가의 후손입니다."

비무대 위에서 벌어지는 격렬한 싸움 때문에 주위로 끊임없는 함성이 터지고 있는 상황에서 들려온 음성이었다.

암천이 힐끗 고개를 돌리자 단목강이 두 사람을 향해 다가오고 있었다.

영웅건을 머리에 두르고 단정한 녹의 장삼을 걸친 그 모습은 한눈에도 명문무가의 후예임을 알 수 있을 정도였다.

더군다나 이토록 소란스러운 상황 속에서 무린과 암천의 나직한 대화를 들을 수 있을 정도이니 일신의 능력 또한 비견할 수 있는 이를 찾기 힘들 정도였다.

암천은 며칠 만에 마주한 단목강을 향해 공손히 포권

을 취했다.

"소가주! 오셨습니까?"

암천이 예를 취하자 담담한 미소로 읍을 한 단목강이 혁무린 곁으로 다가섰다.

무린은 단목강을 향해 고개조차 돌리지 않으며 입을 열었다.

"왔어? 바쁘지 않나 보네?"

"아버님께서 오셨으니 당장은 크게 할 일이 없습니다."

"공주는 어쩌고?"

여전히 시선은 비무대 위의 연후와 남궁인을 향해 있는 무린.

"혹시 몰라 일왕각에 머무는 관리들에게 마마의 존재를 알렸습니다."

"그래, 잘했어. 자고로 한 손이 열 손 못 당하는 거야. 그 세가 녀석들, 지금은 사다인 녀석이 나타나 똥줄 타서 그렇지 나중 되면 어찌 나올지 몰라."

무린의 말에 단목강의 얼굴에 미소가 더해졌다.

"걱정해 주셔서 감사합니다. 그렇다고 해도 당가를 제외하곤 기세가 많이 꺾인 터라 외려 저희 눈치 보느라 바쁩니다."

단목강의 담담한 음성에 무린이 그제야 단목강을 향해

고갤 돌렸다.

"그런데 그냥 이대로 끝내도 좋은 건가? 그 오수련인가 뭔가가 너희 가문에 한 일이 있잖아?"

"그 판단 또한 가주이신 부친께서 하실 일이지요. 전 그저 내일부터 벌어질 홍조 비무만 생각하고 있습니다."

"결국 네가 나가는 거야?"

"네, 형님!"

"흠…… 잘하면 녀석들 하고도 싸울 수 있겠네."

"두 분 형님께서 마지막까지 올라오신다면 그럴 수도 있겠지요."

"그래. 하여간 잘해 봐. 녀석들 빼고 두어 명이 눈에 들어오지만 파천비륜(破天飛輪)이면 충분히 해 볼 만할 거야."

이어지는 두 사람의 나직한 대화를 듣는 동안 암천은 몇 번이나 놀라야 했다.

일단 가주인 단목중경이 아니라 단목강이 붉은 배첩의 주인으로 선택되었다는 사실에 한 번 놀랐고, 그와 겨룰 수 있는 이들이 고작 두세 명뿐이라는 사실에 다시 한 번 놀라야 했다.

이번에 나선 극강의 고수만 해도 두 손가락으로 다 셀 수 없을 정도였다.

여태 검 한 번 뽑지 않고 위로 올라 온 무암 진인은 말할 것도 없고, 칠패로 분류되는 도왕과 독마의 신위는 그야말로 압도적이라 할 수 있어 두 번의 출수를 할 필요가 없었다.

거기에 불이무학, 즉 마종의 계승자라는 귀노의 무공 역시 대단해 보였고 중살이란 세 노인 또한 그 경지가 어느 정도인지 짐작할 수 없을 정도였다.

그러니 대체 그들 중 누가 가장 강한 것인지 궁금할 수밖에 없었다.

"저 말씀 중에 죄송합니다만……."

대화 중 슬쩍 끼어든 덕에 혁무린과 단목강의 시선이 동시에 암천을 향했다.

"진짜 궁금해서 그러는데 누가 제일 셉니까?"

청조의 비무가 이어지는 내내 단 한 번도 무린의 예측이 빗나간 승부가 없었다.

그렇기에 물어볼 수 있는 질문이었다.

하지만 참으로 느닷없는 질문을 받은 무린은 묘한 미소를 지으며 암천을 바라보았다.

"왜요? 가진 재산이라도 있으면 몽땅 걸어 보시게?"

"……."

"하, 농담이고…… 그냥 실력대로만 한다면 아마도 무당파의 진인(眞人)이 아닐까 싶네요. 도성이라고 하던……."

"네?"

보통의 강호인들이라면 너무나 당연하게 받아들일 이야기였지만 암천이기에 의문이 일 수밖에 없었다.

무암 진인이 아무리 당대 천하제일인이라지만 이번에 나선 이들의 면면을 살펴보면 그 내력이 환우오천존과 닿아 있는 이가 한둘이 아닌 것이다.

사다인만 해도 뇌령마군의 전인이며 도왕 금도산 역시 도제의 무공을 극으로 익혀낸 인물이었다.

게다가 백팔나한을 일 초로 몰살시킨 삭월신의 후예까지 있는 마당이니 외려 무암 진인의 크기가 작게 느껴지는 것이다.

"격이 달라 아저씨. 그 도성이라는 노도사는…… 인간의 무학만으로 천의(天意)에 닿았다는 것은 정말로 대단한 거예요. 처음 무선이 아버질 찾아왔을 때가 딱 그 무렵이었을 거니까……."

무린의 음성이 잦아들자 단목강도 암천도 꽤나 놀란 얼굴이었다.

그 무렵 지루하게 이어지던 비무에 마침표가 찍히는 소리가 터져 나왔다.

콰광!

비무대 위에서 강렬한 폭음이 터져 나오며 누군가의 신형이 단상 아래쪽으로 튕겨져 나간 것이다.

"사천 천수낭랑 승!"

숨 죽였던 좌중이 금군 장수의 외침 후에 다시 환호하기 시작했다.

비무대 위에 홀로 선 연후.

땀방울로 흥건한 얼굴에 걸치고 있던 흑의무복이 온통 너덜너덜해질 정도의 격전을 치른 모습이었다.

다만 겉모습과는 달리 그 호흡이나 눈빛만은 너무나 침착해 조금 전 비무를 치른 이답지 않아 보였다.

"거 봐. 남궁세가는 북궁한테 안 돼."

군웅들의 환호 속에서 흘러나온 무린의 말에 단목강이나 암천이 또 한 번 고개를 갸웃거렸다.

무암 진인도 무암 진인이지만 처음 끊긴 이야기가 바로 북궁과 남궁 두 가문의 이야기인 탓이었다.

"성모궁엔 남자가 살 수 없어. 한데 대를 이으려면 남자가 필요해. 그래서 수십 년에 한 번씩 사내를 구하기 위해 강호에 나가곤 했던 거야. 그걸 호화사자라고 해. 당연히 우수한 씨를 구하기 위해 강호를 뒤지고……. 내가 아까 무제 이야길 했었지? 그 무제의 아버지가 바로 대리국의 황자였고 호화사자에게 선택될 만큼 어마어마한 무공의 천재였어.”

보통 사람들에겐 너무나 황당한 이야기일 뿐이겠으나 자부와 망량겁조의 비밀을 공유한 단목강과 암천에겐 그저 세상이 알지 못하는 비밀 한 자락을 듣는 일일 뿐이었다.

“성모궁 아래 삼천이 존재한다는 건 알지? 그중 무소천(武巢天)이 선택한 사내가 바로 무제의 부친이었어. 참, 그거 아나? 무제는 원래 북빙해에서 무소천주의 아들로 태어났어.”

너무나 황당한 말에 말문이 막혀 버린 두 사람.

삼천지란을 막아 강호를 구한 무제가 외려 그 삼천 중 하나 출신이란 말이니 당최 믿기지가 않는 이야기였다.

“그 성모궁이란 곳, 사내로 태어나면 모조리 마공의 재물이 되거든. 이건 천 년 동안 이어 온 성모궁의 법칙이라 특별한 일이 아니면 거부할 수가 없어. 한데 웃기게도 무제의 어미였던 여인이 그를 살리기 위해 성모궁을 도망쳐 나온 거야. 그때 갓 태어난 무제를 구한 이가 바로 무선(武仙)이고…….”

다시 한 번 듣게 되는 천무선인의 이야기에 암천도 단목강도 모두 마른침을 삼켜야 했다.

“무제의 이름이 처음 이천(異天)이라 불린 것도 모두

무선의 뜻이었지. 삼천과는 다른 하늘이 되란 의미가 담긴 거야."

혁무린의 음성이 낮아지자 단목강도 암천도 모두 침울한 표정이 될 수밖에 없었다.

한 시대를 살다 간 절대자의 시작과 끝에 참으로 크나큰 강호사의 질곡이 담겨 있음을 느꼈기 때문이었다.

그러다 암천이 문득 이상한 생각이 들었다.

"한데 그것이 남궁이나 북궁세가와 어떤 관련이 있는 것입니까?"

암천의 질문에 무린이 조금 주저하며 뒷머리를 긁적거렸다.

"사실은 말이야. 무제의 아버지가 북빙해에서 내린 씨는 무제 하나만이 아니었어. 무제 또래의 누이들이 꽤나 태어났을 거야. 더군다나 삼천지란 때의 무소천주 역시 무제의 친누이였고."

"아!"

"그래, 아무리 그들이 천인공노할 짓을 저질렀다지만 차마 누이를 벨 순 없었지. 무소천의 무공을 모조리 파괴하고 조그만 장원 한 채를 마련해 준 것으로 무제와 무소천주의 연은 끝이 난 거야. 북궁세가가 중원에 세워질 수 있었던 진짜 이유야."

"하지만 남궁세가는 그보다 훨씬 전부터 강호에……."

뭔가 이해가 되지 않는다는 표정으로 되묻는 암천을 향해 무린이 나직한 한마디를 더했다.

"사내로 태어난다 해서 전부 죽이는 건 아니거든요. 어떤 때엔 한 번씩 망균이란 천형으로부터 자유로운 사내아이들이 태어나는데, 이런 아이들을 천주(天主)라는 이름으로 세상에 보내곤 하는 겁니다. 그중 하나가 무황이라 불렸던 남궁세가의 시조인 거죠. 북궁과 남궁의 무공이 비슷할 수밖에 없는 건 그 뿌리가 같기 때문입니다."

무린의 연이어진 설명을 듣고서야 암천은 모든 의문을 풀 수 있었다.

한데 무린의 이야기는 거기서 끝이 아니었다.

"마찬가지로 마도의 종주라는 만마궁 역시 북빙해에서 태어난 아이가 세웠고, 혼원신공 또한 초연검결과 마찬가지로 무소천의 무학인 거죠. 결국 그때에도 성모란 여인은 세상을 지배하고 있었던 겁니다. 그걸 좌시할 수 없어 뿌려진 것이 세상에 무무진경이란 이름으로 떠돌았던 거구요. 대주 아저씨, 자부의 가신 정도만 되도 이렇게 강호사를 바꿀 수 있다는 자부심을 가져야 해요!"

무린이 빙긋 웃으며 이야기를 마쳤지만 단목강도 암천도 한동안 말을 잇지 못했다.

그 모든 비사들의 연원을 거슬러 올라가면 자부와 성모궁에 얽히지 않은 것이 없으니, 한편으론 그 힘이 두려우면서도 또 한편으로 참으로 답답한 마음이 들지 않을 수 없었다.

결국 그 모든 강호의 혈사들 속엔 끝나지 않은 자부와 성모궁의 싸움이 있었던 것이고, 다시 그 안에는 망량겁조와 성모 사이에 풀 수 없는 애증이 있었다는 말이니 참으로 허탈한 마음을 지우기가 힘들었다.

"무린 형님! 결국 단목세가와 북궁세가는 남이라 할 수 없는 것이군요. 그리고 자부는 두 가문에 씻지 못할 원한을 남긴 것이구요."

단목강의 음성에 무린은 아무런 말도 꺼낼 수 없었다.

사실 그 어떤 이유를 갖다 붙여도 부친과 모친이 행한 일은 용서받을 수 없다는 것을 스스로가 너무 잘 알기 때문이었다.

그런 무린의 내심을 읽었는지 단목강이 전과 다른 밝은 음성을 내뱉었다.

"그 은원, 형님께서 소제에게 주신 것으로 모조리 탕감해 드리겠습니다. 이는 곧 단목세가의 주인이 될 소제의 공식 입장입니다. 가시지요. 오늘 같은 날 형님께 벌주석 잔을 권하지 않으면 언제 기회가 또 오겠습니까?"

단목강의 담담하면서도 흔들림 없는 음성에 무린이 히죽 웃었다.

"뭐, 어째든 다행이네. 이렇게라도 남은 빚을 깔 수 있다면! 이제 남은 빚들이 또 뭐가 있더라?"

위엄(威嚴)

영웅대회가 시작되고 칠주야가 흘렀다.

그리고 팔 일째가 되는 날은 청조의 마지막 비무가 있는 날이었다.

체감상의 날씨는 부쩍 추워진 듯했으나 영웅대회의 열기만은 천목산 전체를 달굴 정도로 뜨거워져 이른 아침부터 수많은 이들이 중청 광장의 비무대 근처로 운집했다.

연후 또한 아침부터 바쁜 움직임을 보였다.

당가의 배려로 머물던 천웅관을 빠져나와 지휴관이 있는 서문 쪽으로 향한 연후는 그곳에 자리한 십여 채의 전각 중 청해(青海)란 편액이 붙은 자그마한 전각 안으로 들어섰다.

이른 시간이라 하나 지휴관 쪽 전각들은 대부분 텅 비어 있었고 그것은 연후가 들어선 청해관도 마찬가지였다.

비무대 쪽에 좋은 자릴 잡기 위해서라면 일찌감치 이동하는 것이 당연한 터라 누구 하나 마주친 이가 없는 것이다.

청해관 안에는 자그마한 방들이 다닥다닥 붙어 있었는데 연후가 그중 가장 끝에 자리한 방까지 이르러 입을 열었다.

"연후입니다."

연후의 음성은 조심스러웠고 곧 안쪽에서 카랑카랑한 음성이 들려왔다.

"또. 뭐하러 왔느냐?"

그다지 반기지 않는 음성이 분명하지만 연후는 망설임 없이 문을 열었다.

그렇게 들어간 방 안은 침상 하나와 탁자가 전부인 단출한 모습이었고, 침상 위에는 좌정하고 있는 불이곡의 귀마노사가 있었다.

연후가 그 앞에 이르러 다시 조심스레 예를 취했다.

"간밤엔 편안하셨는지요?"

"네 부친의 행방을 물으려 왔다면 일없다."

귀마노사의 음성은 싸늘했다. 또한 그 역시 유기문이

어디 있는지 전혀 모르고 있었다.

반년 전 어느 날 명촌의 촌장이 한 통의 서찰을 들고 불이곡으로 들어섰다.

유기문으로부터 온 것이었다.

그의 자식인 연후에게 가르침을 내리는 것으로 그와의 연을 접었던 귀마에게 유기문의 서찰은 크나큰 충격이 아닐 수 없었다.

고래로부터 이어진 천하의 무공들이 한자리에 모인다 했다.

그 자리에 불이무학의 대종사가 빠져서야 되겠느냐는 서찰이었다. 더불어 이번이 아니면 기회가 없을 것이라는 이해 못할 첨언까지 더해진 서찰.

결국 그 진의를 파악하기 위해서라도 나설 수밖에 없는 길이었다.

"부친의 일을 떠나 노사께선 제게 스승님이나 진배없지 않으십니까?"

연후가 다시금 공손히 입을 열었지만 귀마노사는 애써 냉랭한 표정을 지어야 했다.

사실 반갑고 그리운 마음이야 연후보다 더하면 더했지 모자라지 않았다.

평생을 살며 온전히 마음을 연 오직 한 사람이 눈앞의

연후이니 그 정이 어찌 작다 할 수 있겠는가. 하나 그러면 그럴수록 더욱 냉정해지려 노력할 수밖에 없었다.

강호의 은원은 모두 인연과 인연이 더해지며 시작되는 것.

자신과 엮여 혹시라도 연후에게 피해가 갈까 그것마저 조심스러운 것이 귀마노사의 진심이었다.

앞으로 계속될 비무 상대들이 그만큼이나 만만치 않음을 알기에 내린 결정이며, 그렇기에 연후가 자신의 거처로 찾아오는 것을 냉정히 대하는 것이다.

"일없으니 그만 돌아가거라."

진심이야 어떠하던 그의 음성은 처음 만났던 그 시절이나 지금이나 크게 다르지 않았다.

여전히 차갑고 또 여전히 무뚝뚝했다.

처음 그가 비무에 참가한 것을 보고 한달음에 찾아왔을 때도 여전히 그는 차가운 표정이었다. 물론 그 속내가 너무나 따뜻한 사람이라는 것을 잘 알지만 연후 또한 이를 내색하지는 않았다.

오 년간 함께했던 동부의 수련을 끝내고 불이곡을 나설 때 눈앞의 노인이 얼마나 아쉬워하고 또 얼마나 깊은 정을 내비쳤는지 선명히 기억하는 연후였다.

"문안만 여쭙고 가려 했습니다."

귀마노사가 별다른 대꾸를 하지 않고 여전히 냉랭한 태도를 보이자 연후가 꾸벅 고개를 숙였다.

그리고 이내 문밖을 향해 돌아섰다.

"오늘 이기십시오. 꼭!"

문밖을 나서기 직전 나직하게 흘러나온 연후의 음성에 귀마노사의 눈빛이 잠시 흔들렸다.

"놈! 노부가 설마 그따위 살귀 놈에게 밀릴 것이라 여기는 것이냐?"

은은한 노기가 담긴 귀마노사의 음성에 연후가 발걸음을 멈추고 돌아섰다.

"알고 계셨습니까?"

"강호란 아는 만큼 보이는 법이다."

"……."

사실 연후가 이른 아침부터 이곳을 찾은 것은 오늘의 상대에 대해 귀띔을 해 주기 위해서였다.

귀마노사의 마지막 비무 상대는 중살이었다. 혹시나 하는 노파심에 귀마노사를 찾았으나 그는 이미 알고 있었던 것이다.

사실 어찌 눈앞의 노사가 그걸 알 수 있을까 하는 궁금함이 치밀기도 했지만 굳이 그것을 따져 묻고 싶진 않았다.

중요한 것은 오늘 귀마노사가 상대하게 될 이가 중살

목불이라는 이름으로 참가한 인물이라는 것뿐이었다.

물론 귀마노사가 질 것이란 생각은 전혀 들지 않았다.

다만 혹여 방심이라도 할까 싶어 나선 것인데 막상 노사를 마주하니 그럴 일은 전혀 없을 것 같았다.

하니 별다른 말없이 그냥 나가려 했던 것이다.

"노부가 무엇 때문에 예까지 왔겠느냐?"

때마침 다시 들려온 나직한 음성에 연후가 노사의 주름진 얼굴을 바라보았다.

딱히 대답을 바라고 묻지 않았음을 알기에 연후는 공손한 자세로 이어질 노사의 말을 기다렸다.

사실 귀마노사는 지금 은근히 자존심이 상한 상태였다.

눈앞의 연후가 자신을 걱정하는 것이 느껴졌기 때문이다. 하나 귀마노사는 주절주절 내심을 토해내는 성격은 아니었다.

멀고 먼 청해에서 이곳 절강까지 온 이유가 무엇이겠는가.

무량삭월신, 삭마로부터 이어지는 마종의 맥이 여전히 건재함을 세상에 알리는 것이 스스로에게 주어진 사명이라 여기는 귀마노사였다.

더구나 혼철삭의 비의(秘意)는 아직 펼쳐 보이지도 않은 때에 고작 중살 같은 이 하나를 걱정할 이유가 없는 것이다.

"죽여도 되겠느냐?"

뜻하지 못했던 말이 귀마노사로부터 흘러나오자 연후가 꽤나 놀란 표정을 지었다.

못 보던 사이 어떤 깨우침이 있었는지 모르겠지만 그의 손속이 과거와는 전혀 달라졌음이 느껴졌다. 수련을 할 때도 철철 넘쳐흐르던 그의 살기가 생사결이나 다름없는 비무에서 전혀 느껴지지 않았던 것이다.

물론 살기를 일으켜야 할 정도의 상대가 없었던 것일 수도 있겠지만, 그가 평소에 온몸에 두르고 다니던 혼철삭을 버렸다는 것만 보아도 무언가 발전이 있었음을 뜻한다고 생각했다.

그런 귀마노사가 꺼낸 말이었다.

연후의 눈빛이 깊어졌다.

사실 얼마 전까지만 해도 누가 대신 손에 피를 묻혀 주면 감사하다고 고개를 숙였을 것이다.

죄에 대한 응분의 대가만 받으면 될 일이지 굳이 그것을 자신의 손으로 해야 한다는 것엔 회의감을 느꼈던 것이다.

자칫 복수란 명분을 덧입히고 피를 즐기는 살귀가 된다면 자신 또한 저들과 무엇이 다를까 하는 마음이었던 것이다.

한데 이제는 달라졌다.

귀마노사의 이야길 듣자마자 지난 며칠간 참아 왔던 마음속 분노가 불길이 되어 치솟았다.

연후가 그 분노를 애써 짓누르며 입을 열었다.

"조부와 모친의 원수를 제 손으로 갚지 않는다면 무슨 자격이 있어 검을 들겠습니까."

연후의 나직하지만 추호의 흔들림도 없는 음성이었다.

잠시간 가만히 연후를 바라보던 귀마노사.

그리곤 이내 연후를 만난 후 처음으로 환한 웃음을 내비쳤다.

"좋구나. 좋아. 비로소 무인이 되었구나. 하하하하하하!"

전에 없이 호방한 노인의 웃음소리가 한동안 끊이지 않고 이어졌다.

* * *

"운남 사다인, 감숙 환몽!"

청조의 비무 마지막 날이 한창이었고 해는 벌써 중천에 이르러 있는 시간이었다.

두 사람의 출전자를 호명하는 무장의 음성이 울리자 광장 주변 가득하던 군중들 사이로 부산한 움직임이 시작되었다.

아침나절 이어졌던 어마어마한 격돌에 비해 상대적으로 주목받지 못하는 비무였기 때문이었다.

특히나 조금 전 무암 진인과 표풍이절의 어마어마한 싸움이 끝난 직후라 더더욱 두 사람의 비무를 주목하는 이가 없어졌다.

검기와 도기를 자유자재로 뿌리고 검강과 도강의 화려한 변초들이 눈을 뒤집어 놓을 정도로 장엄하게 펼쳐졌던 비무, 군중으로 하여금 숨도 제대로 쉬지 못할 정도로 긴박감을 주던 비무였다.

하나 그 화려한 변화 가운데 미동도 하지 않고 가벼운 손짓 몇 번으로 모든 것을 무력화시킨 무암 진인의 무위는 그야말로 천하제일인이란 이름이 가진 무게를 여실히 보여 주는 것이었다.

흡사 어린 제자의 무공을 가르치는 듯 표풍이절의 모든 공격을 가볍게 막아내던 무암 진인, 결국 임하중은 검강과 도강을 양손으로 동시에 뿌리는 기경할 무학까지 선보였지만 이 또한 무암 진인을 어쩌지는 못했다.

검기, 검강이나 도기, 도강의 차이를 마치 목검과 진검의 차이 정도로 여기는 듯 여전히 손짓 몇 번으로 표풍이 절의 무지막지한 공격을 파훼해 버린 것이다.

급기야 할 수 있는 모든 절기들을 쏟아낸 임하중은 검과 도를 거둬들이고 무암 진인 앞에 공손히 포권을 취하는 것으로 패배를 자인했다.

두 사람의 비무는 그렇게 끝이 났다.

무암 진인의 그 이전까지의 비무들은 모두 싸우기도 전 상대가 물러섰다. 하니 금일 아침나절이 무암 진인이 처음으로 군웅들 앞에서 자신의 무위를 보인 날이었다.

그 측량할 수 없는 깊이에 무당파는 물론이요 구문오가 무인들의 깊은 시름마저 한결 가벼워질 수가 있었다.

단 한 번의 비무였지만 도성 무암 진인만이 최후의 일인이 될 것임을 확인하였으니 비급으로 인한 최악의 사태는 면할 것이라 여기게 된 것이다.

그런 무암 진인의 등장 뒤에 연이어진 것이 고작 박투를 즐겨 쓰는 이족 사내와 공동파 후기지수의 비무였다.

당연히 시시하게 여겨질 수밖에 없었으며, 이때를 이용해 끼니를 때우거나 볼일을 보려는 이들로 부산해질 수밖에 없는 것이다.

그렇다고 비무대 주변 전체가 그런 분위기에만 빠진 것은 아니었다.

특히나 명문거파의 무인들은 두 사람의 비무를 주시할 수밖에 없었다.

대진의 운이 작용한 것이 가장 컸다고는 하지만 어찌 되었든 환몽 철대종은 십수 중에 유일하게 청조의 마지막 비무까지 올라온 인물이며 앞으로 정파무림의 기둥이 될 존재임이 틀림없기 때문이었다.

당연히 다음 대 강호를 위해서라도 그의 무위를 주시할 필요가 있는 것이다.

하나 두 사람의 비무를 전혀 다른 이유로 주목하는 이들도 있었다.

환몽 철대종에게 처음으로 패배를 당한 여인 절정각의 은서린과 앞으로 마지막 비무를 남겨 둔 단목연화였다.

"걱정 돼?"

단목연화의 음성에 비무대를 주시하고 있던 은서린이 조심스레 답했다.

"네. 언니. 매번 너무나 위태위태하게 싸우시는 것 같아서……."

사다인을 바라보는 은서린의 목소리엔 나직한 떨림이 있었다.

"괜찮을 거야. 저분이 누군지 모르는 것도 아니잖아."

단목연화의 위로가 이어졌지만 그것이 은서린을 달래

줄 순 없었다.

그녀의 오른 팔목엔 아직도 핏물이 진하게 밴 붕대가 칭칭 동여매져 있는 상태였다.

사부인 검후를 대신해 이곳에 참가할 때만 해도 결과가 이렇게 될 줄은 몰랐다.

더구나 격체전력을 통해 사부의 공력까지 얻고 출전한 후였으니 첫 비무의 패배가 더욱 가슴 아프게 느껴질 수밖에 없었다.

결과를 놓고 경험이 부족했다느니 마음가짐이 약했다느니 하는 변명을 하고 싶진 않았다.

다만 사다인 앞에서 당당한 한 명의 무인으로 인정받고 싶었다는 소망이 깨어진 것이 못내 가슴을 아프게 했다.

이제 다시는 오른손으로 검을 쥘 수 없는 몸이 되었다.

천하를 오시하는 마음속 정인 옆에 서기엔 너무나도 부족한 여인이 되어 버린 자신의 처지가 그래서 더욱 서글프기만 했다.

하나 아직 모든 희망을 버린 것은 아니었다.

이전까진 검의 차가운 감촉이 심장을 눌러 주지 않으면 그 쿵쾅거리는 소리를 견딜 수가 없었다.

매순간 두렵고 매순간 벌떡거리는 심장 소리를 제어해 주던 것은 오직 검이 전해 주는 차가운 감촉뿐이었다. 그것이 그녀가 매일처럼 검을 가슴에 끌어안고 살아야 했던 이유였다.

하나 언젠가부터 달라졌다.

그녀의 심장을 뛰게 만드는 것은 한 사내였고, 그녀를 두렵게 만드는 것도 그와 함께할 수 없다는 감정뿐이었다.

그러니 이제 다시 시작할 수 있다고 다짐하는 은서린이었다.

비무대 위에 선 저 사내와 자신의 거리가 조금은 더 가까워질 수 있게, 그를 바라보는 이 기분 좋은 떨림이 두려움으로 변하기 전에 곁으로 한 발 더 다가가고 싶은 은서린이었다.

은서린은 그렇게 사다인을 바라보고 있었다.

그렇다고 해도 주변 군중들의 분위기가 전과는 확연히 달라졌음을 모르지 않았다.

이는 비무대 위에 선 환몽 철대종 역시 충분히 느끼고 있는 중이었다.

그렇다고 해도 그가 기분 상할 이유는 없었다.

바로 앞서 천하제일인의 무위를 목도할 수 있었으니 그 또한 철대종에겐 영광이었기 때문이다.

그래서인지 마주한 이족 사내의 태도가 눈에 잔뜩 거슬렸다.

무암 진인의 무경을 목도한 군웅들 모두가 숙연한 태도를 보임에도 불구하고 이족 사내의 얼굴엔 서늘함만이 가득했다.

그의 근신공박이 경지에 이르렀다는 것은 점창의 검호를 꺾은 것 하나만으로 충분히 증명된 일이었다.

하나 그 검호와 자신은 다르다고 확신했다.

그가 넘지 못한 벽을 이곳에서 넘었기 때문이다. 당연히 눈앞의 이족 사내가 자신의 상대가 아니라 여길 수밖에 없었다.

"공동파의 철대종이네."

뒷짐까지 진 채 여유롭게 입을 여는 철대종의 태도에 사다인의 눈길이 번뜩였다.

맹수처럼 보이던 과거의 눈빛과는 또 다른 분노가 넘실거렸지만 철대종은 그것을 대수롭지 않게 여겼다.

무암 진인에게 감명받은 것이 있으니, 오늘 이곳에서 자신의 깨우침을 군웅들에게 여지없이 드러내리라 마음먹은 것이다.

"자네에겐 미안하지만 매 순간 최선을 다하는 것이 정도를 걷는 무인이라 배웠다네."

우우웅!

검을 빼 든 철대종의 검신이 강렬한 검명을 토해냈다.

나이답지 않은 웅혼한 기세가 파르르 떨리는 검신을 타고 치솟아 오르며 새까만 강기로 화해 가는 모습은 구경하는 이들의 찬탄을 자아내게 하는 일이었다.

시시한 비무라 여기며 하나둘 자리를 뜨던 이들의 발걸음마저 다시 붙잡을 정도로 철대종의 기세는 놀라웠다.

"오오! 공동의 홍복이로고."

"진정한 검룡은 공동파에 있었구나."

"미래의 천하제일검이다!"

좌중에서 흘러나오는 장탄성이 철대종의 귓가로 들려올 무렵 마주한 이족 사내 사다인의 입에선 전에 없이 서늘한 음성이 흘러나왔다.

"하여간 중원 놈들이란……."

말을 하던 도중 갑자기 딱 끊더니 순식간에 지면을 박차고 나가는 사다인의 모습은 그야말로 한 마리 날짐승이나 다름없었다.

그런 사다인의 기습에 철대종은 실소를 금할 수가 없었다.

앞서 사다인과 싸운 이들처럼 근신공박으로 가지 않기 위해 미리부터 복마삼절공을 극성으로 끌어 올린 상태였으니 상대의 기습이 우습게만 여겨진 것이다.

검수들에게 권장지각을 쓰는 고수와의 거리는 두말할

것도 없이 중요한 것이며, 검강지경에 이른 무인이라면 최소한 자신의 거리를 지켜내는 법을 깨우치고 있는 것은 너무나 당연했다.

검신의 길이와 더해진 검강의 반경이 일 장의 거리를 지배하니 철대종은 상대의 기습적인 쇄도에도 편안할 수 있는 것이었다.

하나 그가 꿈에도 생각지 못하는 일이 벌어졌다.

파지지직!

수천 마리의 벌레가 기어가는 듯한 소름 끼치는 소리가 달려들던 사내의 손끝에 어리며 기이한 빛 무리로 변하는 순간 철대종은 그저 눈만 껌뻑거려야 했다.

그가 지키려 했다는 일 장의 거리보다 훨씬 먼 곳에서 내뻗어진 주먹질을 타고 시퍼런 뇌전의 줄기가 뻗어 왔다.

피하고 말고를 생각할 틈도 없이 이어진 공격이었다.

"컥!"

순식간에 그의 전신을 격타한 뒤 사라져 버린 뇌전의 기운에 철대종은 단발마를 터트렸다.

그 순간 좌중은 얼어붙고 말았다.

비록 촌각과 같은 시간이었지만 그 기경할 무공을 사용하는 이의 정체가 누구인지 모를 수가 없기 때문이었다.

벽마(霹魔)!

당금의 강호에서 피와 죽음을 상징하는 이름이 되어버린 그 벽마가 이곳에 나타났음을 확인하는 순간이었다.

한편 전신이 타는 듯한 강렬한 충격에 몸이 떨려 오면서도 철대종의 의식은 비교적 멀쩡한 편이었다.

일합에 통구이가 된다는 무시무시한 벽마의 소문과는 달리 충분히 버텨낼 수 있다는 생각마저 들었다.

찰나지간 철대종은 회심의 미소를 지었다.

검강지경의 무경을 깨우친 덕에 그의 공격을 무력화시켰다고 생각한 것이다.

하나 그것이 얼마나 멍청한 생각인지는 금세 깨달을 수 있었다.

벌써 코앞에 이른 맹수의 눈이 잡아먹을 듯 자신을 노려보고 있었던 것이다.

어찌어찌 검을 휘둘러보려 했지만 명치를 파고드는 뜨악한 고통은 상상을 초월할 정도였다.

퍽!

묵직한 타격음과 함께 아득해지는 정신, 하나 저도 모르게 토해지려는 비명마저 마음껏 내지를 수가 없었다.

목가포가 터지는 듯한 굉음이 울리며 그의 턱이 완전히 박살나 버렸기 때문이다.

빼버버버버버벅!

그 뒤로는 예닐곱 번의 주먹질이 번개처럼 이어졌고 그 주먹질은 외려 쓰러지려는 철대종의 신형을 부축해 주는 꼴이있다.

급기야 온몸이 흐물흐물 변한 철대종이 비척거리며 뒷걸음질 치자 사다인이 뒤로 넘어지기 직전 철대종의 팔을 가볍게 붙잡았다.

그 와중에도 검을 떨어뜨리지 않고 있는 철대종의 오른 팔목.

빠각!

뼈가 꺾이는 소름 끼치는 소리가 퍼져 나가자 비무대 주변으론 숨소리조차 들려오지 않았다.

철대종은 그렇게 쿵 소리를 내며 쓰러졌다.

"사다인 승!"

결과를 판정하는 금군 무장의 음성이 연이어졌으나 그 소리가 무겁게 짓누르기 시작한 군중들의 침묵을 깰 수는 없었다.

그렇게 승부는 끝이 났지만 사다인은 외려 군웅들을 향해 저벅저벅 걸어갔다.

그리곤 이내 자신을 주목하고 있는 모두를 향해 나직한 음성을 내뱉었다.

"나 빚지고 못사는 놈이야. 각오하고 있어!"

정확히 누군가에게 하는 말인지는 알 수 없었으나 누구 하나 감히 입을 열어 반박하지 못했다.

그만큼 그의 등장은 갑작스럽고 충격적인 것이었다.

황실과 조정이 주도하는 영웅대회가 아니라면 여기 모인 이들 모두가 합공하여 주살한다고 해도 이상할 것이 없는 대마두(大魔頭)가 바로 벽마였다. 하나 그 벽마를 어찌할 수 없는 것이 이번 천목산 영웅대회의 성격인 것이다.

그렇게 좌중의 시선이 분노와 공포를 동반한 채 사다인을 향하고 있을 무렵 사다인이 갑작스레 은서린을 노려보았다.

천목산에 온 후 처음으로 마주치는 눈빛이었다.

물론 늘 보이는 짜증 가득한 눈에 분노까지 더해진 사다인의 눈이었지만 은서린은 상관없었다.

그가 보아 준다는 것만이 중요했다.

그때 잠시 잠깐 사다인의 눈이 붕대로 휘감긴 자신의 팔목을 훑었다가 이내 더한 짜증으로 변하는 것이 보였다. 그 순간 그는 휙 하고 몸을 돌려 버렸다.

그 순간 은서린의 가슴은 거세게 두방망이질치기 시작했다.

사다인은 벌써 비무대 아래로 사라졌지만 그녀의 심장소리는 너무나도 크게 울렸다.

그녀 주변에서 일기 시작한 혼란 따윈 신경 쓰지도 않았다.

귓가로 사람들의 무수한 이야기가 들려왔다.

벽마가 드디어 무암 진인을 노리기 위해 자신의 정체를 밝혔다고.

이제부터가 진짜 비무의 시작이라고.

하나 은서린만은 그것이 아니라는 것을 알았다.

그가 왜 감춰 두었던 무공을 펼쳤는지 분명히 느낄 수 있었다.

그는 정말로 참을 수 없을 만큼 짜증이 났던 것이다.

그는 자존심이 정말로 강한 사람이었다.

그래서 그저 화가 났던 것뿐이었다. 또한 그는 화가 나면 절대로 참지 않는 그런 사람이었다.

그리고 그는 처음부터 자신을 지켜보아 주었고 또 걱정해 왔던 것이다.

부상당한 자신의 팔을 쳐다보던 눈빛, 전에는 볼 수 없었던 분노까지 더해진 그 눈빛이 그녀를 기쁘게 했다.

그가 화를 내 주어서, 그래서 왠지 모르게 눈물이 나는 은서린이었다.

일묵(一默)과 암전(暗轉)

일왕각 지하 밀실에서 며칠째 몸을 웅크리고 있는 음사는 하루하루가 죽을 맛이었다.

그도 그럴 수밖에 없는 것이 세 봉공이 이렇듯 백일하에 자신들의 존재를 드러낼 것이라곤 상상조차 하지 못했기 때문이었다.

정말로 미친 것이 아닌가 하는 생각이 들 정도였다.

그들을 확인한 순간 비무대 쪽으론 고개조차 돌리지 않았다. 아니, 아예 이곳에 숨어 지내며 밖으로 나갈 생각조차 하지 않고 있는 것이다.

비급들이야 백양전에 잘 모셔져 있고 금군은 물론 백팔나한까지 나서서 지켜 주니 더 이상 걱정할 것이 없었다.

문제는 자기 자신의 목숨이었다.

괜히 비무 구경이랍시고 얼쩡거리다가 쥐도 새도 모르게 숨이 끊어지고 싶진 않은 것이다.

게다가 일왕궁의 지하는 제법 지낼 만했다.

먹을 것들은 산더미처럼 쌓여 있고 이런저런 책자나 볼거리도 많아 시간을 때우기도 적당했다.

거기에 밖의 소식을 전해 주는 괴개나 독마가 있어 심심할 이유도 없었으니 조금 답답한 것을 빼곤 크게 불편할 일도 없는 터였다.

그렇게 여러 날을 보내다 보니 자연스레 번천회란 이들이 무엇을 위해 모인 집단인지도 알게 되었다.

참으로 놀라 뒤집어질 일이지만 이들이 꾸미는 것은 역모가 확실했다.

아주 천천히 명 황실을 전복할 음모를 꾸미는 이들, 그것이 바로 번천회였다.

그 조직원 또한 너무나 방대해 관부는 물론 군문과 상계, 거기에 한림원과 전 대륙의 유생들까지 연관되지 않은 곳을 찾기 어려운 지경이었다.

거기에 당금 조정을 장악하고 있는 곽영이 그 중추라 하니 실패할 이유가 없어 보이는 것이 이들 번천회의 계획이었다.

한데 참으로 이상한 것이 있었다.

이들에겐 새로운 황제가 없다고 했다.

그럼 중원은 누가 다스리는 것이냐고 되물었더니 대답해 주는 이 없이 그저 웃기만 했다.

그때부터 은근슬쩍 기분이 나빠지기 시작한 음사였다.

돌아가는 꼴을 보니 확실히 곽영은 아닌 것 같았다.

음사가 생각해도 그건 아니란 판단이었다. 오로지 무공 하나에 미친 곽영 같은 이는 황제의 자리는 거저 주어도 싫다고 할 녀석이었다.

그나마 가장 유력한 이가 이들 사이에서 상인(上人), 혹은 대인이라 불리는 이였다.

아직 만나 보진 못했으나 들은 이야기를 취합해 본 결과 무공 수위만 해도 곽영을 훌쩍 넘을 정도며, 의술이나 독술은 독마를 까마득히 넘어 당대제일이라 불러도 좋을 것 같았다.

거기에 포정사 홍문규는 물론이요 대륙 전역에 그를 스승의 예로 대하는 이가 헤아릴 수 없다고 하니 학문적 소양 또한 한림원 대학사는 저리 가라 할 정도인 것 같았다.

세상에 그런 이가 있는데 전혀 알려지지 않았다는 것이 오히려 이해되지 않았다.

곧 그가 온다고 하니 일단은 만나서 확인해 볼 생각이었다.

잘하면 태공공 때처럼 이인자의 자리를 꿰찰 수 있을 것도 같았다.

그리되면 곽영이 부럽지 않은 날이 다시 시작되는 것이다.

솔직히 곽영은 무공만 뛰어날 뿐 처세에 서툰 이가 분명했다. 그런 곽영을 제치고 번천회의 이인자가 되는 것은 너무나 쉬운 일이라 여겨졌다.

그리고 또 하나 음사가 내내 이곳 지하에만 머무는 이유가 있었다.

저들은 완벽히 감추었다고 믿고 있는지 모르겠지만 이 아래쪽에 또 하나의 밀실이 있다는 것을 예전에 파악해 둔 것이다. 그리고 자신이 그것을 눈치 채고 있다는 사실을 누구에게도 들키지 않았다.

그런 면에서 괴개나 독마 같은 이들은 너무나 속이기 쉬운 이들이었다.

평생을 음지에서 살아오며 태공공과 구대봉공 사이를 줄타기해 온 음사에게 번천회의 인물들만큼 다루기 쉬운 이들이 없는 것이다.

근 열흘간 알아 온 것이 전부였지만 저들의 신뢰가 쌓

여 가는 것이 느껴졌고, 앞으로 조금의 기회만 생긴다면 밀실 안으로 들어가 볼 생각이었다.

그 안에 무엇이 있는지는 알 수 없었다.

어마어마한 황금이나 가경할 만한 무공비급일 것이란 상상은 그저 헛된 바람일 수도 있었다.

외려 군문의 진천뢰나 화포 같은 것이 은밀히 숨겨져 있을 가능성이 높다는 판단이었다. 그것도 아니라면 전설 속에 등장하는 잠뇌신고 같은 고충들을 배양하고 있을지도 모른다는 생각마저 들었다.

무림인들을 이만큼 모은 것이나 무림왕을 뽑은 데는 그런 고충을 통해 강호무림을 제압하겠다는 심산일 수도 있겠단 생각이었다.

여하튼 무엇이 있건 대단한 것이 숨겨져 있다는 것에 목숨을 걸 자신이 있었다.

솔직히 혼자 날름 삼킬 수 있는 어떤 것이라면 그걸 들고 냅다 사라질 생각도 아주 없진 않았다.

그런저런 생각으로 열흘간이나 지하 밀실에서 버티고 있던 음사.

그에게 뜻하지 않은 기회가 찾아왔다.

어지간한 일이 아니라면 아래까지 내려오지 않는 포정사 홍문규가 찾아온 것이다.

"승천대장군께서 서호에 도달했다 하외다. 어림군의 기마 병력 오백이 호종하였으니 내일 아침이면 예 도달할 듯싶소."

홍문규의 말에 괴개가 크게 흥분하며 목소리를 높였다.

"오백이라니? 고작 오백으로 무얼하겠다는 것이오?"

"후발대가 있소이다. 다음 날 저녁나절 항주로 들어오지요. 삼만 군세가 곽영 장군과 한꺼번에 하선하면 저들이 뭐라 생각하겠소이까?"

홍문규의 나직한 답에 괴개가 무안한 듯 헛기침을 했다.

"큼! 미안하외다. 일이 막바지라 잠시 흥분했소이다."

"그럴 것 없소. 다같이 하는 일이니 만전을 기하자는 뜻이 아니겠소이까. 그나저나 해 주셔야 할 일이 있소이다."

"무엇이오?"

"곽 장군의 명에 따라 북쪽과 서쪽에 안휘와 강소의 병력을 배치해 두었소이다. 절강의 위소 병력 오천까지 도합 일만 오천이외다. 내일까지 이들에게 장군이 오신다는 연통을 넣어 주실 수 있겠소?"

"하하하하! 당연히 해드려야지요. 아직 노부의 발은 쓸모가 있소이다."

"하면 여기 일은?"

홍문규가 걱정스레 되묻자 괴개가 음사를 힐끗 보며 호방하게 입을 열었다.

"무얼 걱정하시오. 여기 곽 장군의 지기가 있고 또 밖에는 갈 문주가 있지 않소. 외려 노부보다 이들이 더 든든할 것이오."

두 사람의 대화가 그렇게 이어지는 동안 음사의 눈빛은 시시각각으로 변할 수밖에 없었다.

대체 삼만이나 되는 병력이 이곳으로 밀려온다는 게 무슨 일인지 몰라 기겁할 정도로 놀란 것이다.

거기다 인근 도지휘사사의 병력 일만오천이 더해진다니…….

사실 그만한 병력을 동원했다면 결론은 뻔했다.

전쟁!

관과 무림의 전쟁이 시작되려는 것이다.

그게 아니면 곽영이 삼만의 병력을 따로 이곳까지 불러들일 이유가 없다는 생각이었다.

'곽영, 이 미친 새끼! 대체 뭘 어쩌려고…….'

음사의 눈이 정신없이 돌아갔고 머릿속은 온갖 잡생각들로 어지러울 정도였다.

그러던 어느 순간 음사의 눈빛이 굳어졌다.

'젠장! 제발 절세 비급이나 엄청난 보물이 숨겨져 있길 빈다.'

* * *

청조의 비무가 막바지에 이르렀다.

해가 뉘엿뉘엿 서편 산자락 위를 지나는 때였고 남아 있는 것은 단 두 차례의 비무뿐이었다.

산중의 어둠은 순식간에 찾아오는 터라 비무가 속개되고 나면 어두워질 것이 틀림없는 시각이었다.

그 때문에 대회를 주재하는 관인들 사이에서도 의견이 옥신각신했다.

전일까진 일몰에 즈음하여 익일로 비무를 미루었기 때문이나, 고작 두 번의 비무만 남겨 둔 상황이 애매한 탓이었다.

모여든 군중들의 안전을 생각하면 다음 날로 미루는 것이 타당해 보였으나 그리되면 일정 전체가 늦어질 수밖에 없었다.

특히나 청조 비무에서 낭패한 모습만을 잇달아 보인 구문오가의 입장에선 그 하루조차도 기다리기 힘겨운 상황이었다.

비무대 주변에서 자리를 뜨지 못하고 있는 군웅들 역시 하루빨리 홍조와 청조의 격돌을 보고 싶은지라 비무가 속개되기를 요청했고, 주재하는 관리들 역시 이를 수락하여 중청 곳곳에 횃불을 밝히기 시작했다.

곧 어둠이 찾아오는 것을 아는지라 행해진 신속한 행동이었는데 덕분에 마지막 남은 두 비무의 개시는 더 늦어질 수밖에 없었다.

그렇게 횃불이 밝혀지고 이내 어둠이 찾아왔지만 자리를 뜨는 이들은 별로 없었다.

운집해 있는 구경꾼들 대부분이 그래도 강호의 무인들임을 자청하는 이들인지라 산중의 어둠 따윈 그리 대수롭게 여기지 않은 탓도 있었지만, 그만큼 남은 두 비무에 대한 관심이 높은 것도 그들의 발걸음을 붙잡고 있는 이유였다.

각기 대결의 상대로 남은 이들은 묘한 공통점을 가지고 있었다.

귀노와 목불이라는 정체불명의 노인들의 비무가 청조의 마지막 비무로 내정되어 있었다.

남은 이들이 가장 궁금해 하는 승부였고 그만큼 두 노인이 보여 준 행보가 대단했다는 것을 뜻하는 것이었다. 더더구나 출신 내력이 알려지지 않은 채 소문만 무성한

은거기인들의 격돌이니 더더욱 흥미를 끌 수밖에 없는 대결이었다.

이에 앞서 시작되는 비무는 또 다른 이유로 주목받았다.

단목세가의 장녀로 알려진 단목연화와 하북팽가의 소가주 팽일원의 비무가 그것이었는데 이들 역시도 세인의 관심을 끌 만한 사연이 충분했다.

각기 멸문지화를 당한 뒤 재기의 발판을 마련하고자 이 자리에 선 명문의 후예들이라는 점.

하지만 단목연화와 팽일원의 비무는 승부의 추가 한쪽으로 기우는 것도 어쩔 수가 없는 일이었다.

옥소에서 흘러나오는 그녀의 음공이 대단한 것은 틀림없었지만, 이제껏 일도만으로 상대를 제압해 온 팽일원의 신위에는 한참 못 미칠 것이라는 이야기가 주를 이루는 것이다.

더더구나 이제껏 모든 상대를 추호의 망설임도 없이 양단해 버린 팽일원의 오호단혼도법이 과연 단목연화의 목숨까지 끊을 수 있을 것인지에 대한 의견이 분분했다.

본시 모이면 이름 짓기를 좋아하는 강호인들로부터 천수화 당예예, 천혜화(天慧花) 제갈소소와 함께 천음화(天音花)란 별호를 얻은 단목연화.

그 아름다움을 베어 낼 수 있다면 팽가의 성세가 향후 오대세가를 제치고 으뜸으로 자리할 것이라는 이야기마저 떠돌고 있으니 두 사람의 비무는 더더욱 흥미로울 수밖에 없는 것이다.

"호남 단목연화, 하북 팽일원 출(出)!"

이윽고 호명되어진 두 사람이 비무대 위로 올라서자 좌중의 술렁임은 더욱 커져 갔다.

곳곳에 타오르는 횃불이 더더욱 분위기를 고조시키는 그때 마주한 두 사람은 서로를 가만히 응시했다.

팽일원은 무심한 눈빛이었다.

이제껏 상대를 일도에 양단해 오던 그 모습에서 한 치의 변화도 없었다.

마주한 단목연화도 그것을 알 수 있었다.

하나 물러설 수는 없었다.

만류하는 부친과 동생의 손길도 뿌리친 채 올라온 비무대였다.

그것이 자신에게 스승이자 지음(知音)이 되어 준 한 사내에 대한 보답이며, 그러기 위해서라도 반드시 이 승부를 이겨내고 싶었다.

그만큼 조화만상곡을 믿는 단목연화였다.

마주하여 예를 표할 이유도 없다는 팽일원을 보며 단

목연화가 옥소를 들어 올렸다.

순간 일변하는 팽일원의 눈빛.

상상도 해 보지 못한 살기가 단목연화를 엄습하기 시작했다.

단목연화의 여린 몸뚱이가 치떨렸다.

흡사 끊어낼 수 없는 살기의 그물에 걸린 듯한 느낌, 온몸이 무형의 밧줄에라도 감긴 듯 꼼짝도 할 수 없었다.

맹세코 단 한 번도 느껴 본 적이 없는 오롯한 공포의 감정이 그녀를 지배하기 시작했다.

정신이 멍해 머릿속 그 어떤 악장도 그 어떤 음률도 떠오르지 않았다.

막연히 이대로 아무것도 해 보지 못하고 죽을 것이란 두려움만 커져 갔으며, 그런 자신을 향해 서서히 대도를 치켜드는 상대의 무심하기만 한 눈빛이 보였다.

이대로 끝이라는 생각뿐이었다.

도저히 저항해 볼 엄두조차 낼 수 없는 그때, 그녀의 귓가로 너무나 그립고 반가운 음성이 스며들었다.

"미련도 상대를 봐 가면서 떠는 거야."

무린의 음성이었다.

"적당히 했으면 멈출 줄도 알아야지. 강이 녀석은 대체 뭘 하는 거야. 지 누이가 죽을지도 모르는데."

잔뜩 화가 난 음성이었지만 단목연화의 마음은 외려 기쁘기가 한이 없었다.

무린이 화를 내준다는 것이 기뻤다.

그것이 걱정이고 관심이고 또 애정이기를 바라는 마음이었다.

그제야 온몸을 휘감던 두려움에서 조금은 벗어날 수 있었다.

때마침 다시 이어지는 무린의 음성.

"일묵무애(一默無涯)는 단 하나의 음(音)!"

단목연화의 눈빛이 점점 두려움을 벗고 평온해지기 시작했다. 그와 동시에 저도 모르게 머릿속에 그려지는 음률들이 있었다.

생상춘회(生相春回)
창명연하(昌明然夏)
생멸연추(生滅然秋)
망혼동인(亡魂冬人)

만상이 태어나는 봄이 돌아오고
푸르른 여름 하늘 끝없이 그러하니
가을의 덧없음도 세상이 흐름이며

사람으로 태어나 오직 잊히지 않을 꿈을 꾸노라.

조화만상곡의 네 가지 악장이 한꺼번에 머릿속을 관통하고 지나는 순간 단목연화를 휘감고 있던 두려움은 더 이상 의미가 없었다.

"생상, 창명, 생멸, 망혼이 모두 하나로 돌고 돌아 그것이 만상이고 조화라. 그 회회(回回)의 연마저 끊어 내 천지로부터 자유로운 하나의 음이 바로 일묵무애……."

이제 온전히 그녀를 지배하기 시작한 것은 오직 무림의 음성뿐이었다.

감음과 지음 그리고 통음의 단계를 넘어 음공의 마지막 경지라는 원음(元音)의 끝자락을 잡은 단목연화!

때마침 옥소를 타고 흘러나온 맑은 음률 하나가 삽시간에 비무대 주위를 휘감기 시작했다.

내내 무심하기만 하던 팽일원의 눈빛이 격렬하게 흔들리는 순간이었다.

무공 한 자락 익히지 않은 몸으로 평생 동안 동부에 감금당한 채 죽이고 또 죽여 얻은 것이 혼원신공이었다.

시조로부터 끊임없이 대물림해 내려온 팽가의 원(怨),

그 때문에 이름자마저 일원이라 받은 자신의 한과 삶을 누구에게도 이해받고 싶지 않았다.

그저 그것은 팽가의 적자로 태어난 숙명일 뿐.

한데 그것이 옥소에서 흘러나오는 음률 하나에 무너지고 있었다.

그것을 그저 두고 볼 수만 없었다.

조금 더 그 음을 듣고 있다만 칼을 휘두를 수 없을 것이란 본능이 그를 일깨웠다.

후아아앙!

다섯 줄기 강맹한 기운을 뿜은 도강은 그가 익힌 오호단문도 최강의 초식이었다.

천목산에 온 이후 처음으로 혼신의 힘을 다한 일도를 뿌리는 팽일원.

횃불의 불빛마저 가르는 듯한 다섯 줄기 강맹한 빛살이 옥소 하나를 입에 물고 아름다운 음률을 널리 퍼트리고 있는 단목연화를 향해 쇄도해 들어갔다.

하나 넋을 잃게 만드는 옥소 소리에 취한 좌중은 무슨 일이 벌어지고 있는 것인지도 제대로 파악하지 못했다.

팽일원의 일도가 그렇게 단목연화의 전신을 쓸고 지나가려 했다.

하나 그녀는 움직이지 않았다.

조용히 눈을 감은 채 조금 전까지 귓가로 전해지던 무린의 따스한 음성을 음미할 뿐이었다.

그 순간에는 삶도 죽음도 모두 받아들일 수 있을 것 같아 두려운 마음 또한 일지 않았다.

다만 다시는 그리운 이를 볼 수 없다는 아련함 하나가 못내 눈물이 맺히게 할 뿐이었다.

그렇게 정적의 시간이 흘렀다.

더 이상 옥소 소리도 이어지지 않았지만 팽일원이 날린 도강 역시 그 어디에도 남아 있지 않았다.

달라진 것이 있다면 두 사람 사이 낯선 사내 한 명이 서 있다는 것뿐.

그제야 사태를 파악한 좌중이 당황하며 들썩이기 시작했다.

이제껏 수많은 이들이 죽어 나갔지만 비무대에 난입한 것은 눈앞의 사내가 처음이었던 것이다.

윤이 나는 흑발을 곱게 묶은 사내.

그가 비무대 가운데 서 있음에도 불구하고 누구 하나 그를 향해 원성을 내뱉지 못했다.

잠시 잠깐 정신을 뒤흔든 음공의 탓이라 여길 수도 있었지만 그렇다고 해도 그가 대체 언제 어떻게 나타나 팽일원의 공격을 지워 버렸는지 제대로 파악한 이가 없었기 때문이었다.

경악하고 있는 군중의 침묵 속에서 혁무린이 발걸음을 옮겼다.

그리고 그 걸음은 단목연화가 아닌 팽일원을 향해서였다.

팽일원의 지척까지 이른 혁무린이 꿈쩍도 하지 못하고 얼어붙어 있는 그의 어깨를 가볍게 두드렸다.

"여하튼 미안하다. 그래도 어쩔 수 없어. 재 죽으면 느네들 전부 살려 둘 것 같지가 않았거든."

나직한 그 음성에 뒷덜미를 타고 소름이 치밀어 올랐다.

연이어지는 무린의 음성.

"그러니까 이해해라. 너 임마, 세상을 구한 줄 알아."

무린이 저벅저벅 그 곁을 지나쳐 갔지만 팽일원은 도저히 움직일 수 없었다.

그녀를 베기 직전, 그 찰나의 순간 보았던 것이 무엇인지는 알 수 없었다.

어둠이라고 표현할 수도 없는 지독한 암흑.

그 암흑 속에서 발해진 두 줄기 안광(眼光) 앞에 도저히 도를 내뻗을 수 없었다.

마지막 절초를 되돌리자 암흑은 사라지고 그 안광이

눈앞의 사내로 변해 있었다.

그렇듯 이해 못할 일을 겪었지만 도저히 그를 향해 정체조차 물을 수가 없었다.

그것은 사내가 비무대를 떠나고 난 후에도 마찬가지였다.

그런 팽일원의 귓가로 나직한 음성 한 줄기가 이어졌다.

"뭐, 이쯤에서 나설 생각이었으니까 너무 자책하진 말고. 궁금하면 나중에 찾아와. 너네 가문에도 아주 빚이 없다고는 할 수 없으니까."

무린이 비무대 아래쪽에서 다시 군웅들 사이로 걸어가던 무렵이었고, 그동안 내내 얼떨떨하게 서 있기만 했던 금군 무장의 불호령이 떨어진 것도 그 무렵이었다.

"뭣들 하느냐! 당장 저자를 나포하지 않고."

절강 도지휘 위소의 천호장인 무장으로선 당연히 취해야 할 반응이었다.

감히 일개 무부가 황상의 윤허로 시행되는 비무에 난입하였으니 그 죄를 묻지 않는다면 더 이상 대회를 진행시킬 수가 없는 터.

중청 대전 곳곳에 도열해 있던 수백의 병사들이 일제히 장창을 곧추세웠다.

무린의 얼굴이 잠시간 일그러졌다.

“젠장! 이거 귀찮게 됐잖아. 뭐, 일단은 공주 마마도 있으니까…….”

한편 그런 무린의 모습을 군중들 사이에서 조용히 주시하는 이가 있었다.

“오호라! 인두겁을 썼으니 제법 인간적이라더냐? 좋구나, 좋아. 정녕 그것이 너의 약점이라면, 천명을 수행하기에 더없이 좋구나.”

있는 듯 없는 듯 자리하고 있던 기괴한 복장의 노인 하나가 그 자리에서 증발하듯 사라졌지만 주위에 있는 이들 누구도 그것을 인식하지 못했다.

은원은 돌고 돌아

비무대 위로 난입했던 사내가 겹겹이 둘러싸인 무장들에게 꽁꽁 묶여 압송될 때까지 한참의 소란이 더해졌다.

승자는 당연히 팽일원이었지만 단목연화가 보여 준 놀라운 음공의 경지 역시 두고두고 회자될 것이 분명했다.

당연히 단목세가의 위상 또한 더욱 높아질 수밖에 없었다.

사실 영웅대회 이전까지만 해도 멸문한 단목세가에 붉은 배첩이 내려진 것 때문에 말들이 많았던 터였지만, 막상 결과를 놓고 보니 누구도 이의를 달 수 없게 되었다.

참가한 단목세가의 오대가신 중 셋이나 청조의 비무를 통과했고, 떨어진 이들조차 절정의 무위를 뽐내 군웅들의 뇌리에 깊이 각인되었으니 천하제일가란 명성이 결코 허명이 아님을 입증한 것이나 진배없었다.

그렇게 비무대 난입 사건이 정리되고 마지막 결전의 장이 열렸다.

"청해의 귀노, 하남 목불. 출!"

정체조차 제대로 알려져 있지 않기에 더더욱 승부를 예측하기 힘든 비무가 시작되려 했다.

두 노인이 올라오고 군중들은 묘한 기대감을 가지고 비무대를 응시했다.

서로를 응시한 채 잠시간 아무런 말도 꺼내지 않던 두 노인.

먼저 입을 연 이는 목불, 즉 소림의 일공이었다.

"마종의 맥 중 어느 것을 이었는가?"

하나 귀마노사는 답할 이유를 찾지 못했다.

"꼴에 무인 대접을 받고 싶은 것인가? 네놈들은 감히 노부를 알 자격이 없느니라."

귀마노사는 나직한 일갈을 내뱉은 뒤 망설일 것도 없이 오른 팔목을 휘둘렀다.

그 팔의 궤적을 따라 눈부신 백색 강기가 뻗어 나오더니 거대한 채찍이 되어 일공을 후려쳐 갔다.

군웅들의 눈이 다시 한 번 휘둥그레 변해 버렸다.

특히나 일정 경지에 도달한 무인들의 반응은 군중들과는 또 다를 수밖에 없었다.

이기성강(以氣成罡)의 무학에서 어찌 저런 변화가 가능할 것인가 하는 생각을 지우지 못하는 것이다.

하지만 더더욱 놀랄 일은 그 다음에 생겼다.

일공이 우수를 가볍게 내뻗으며 강기의 채찍을 그대로 낚아채 버린 것이다.

쾅!

폭음과 함께 소멸되어 버린 강기의 채찍, 일공의 입이 열렸다.

"역시 삭월신의 후예로군. 하면 네놈에겐 큰 빚이 있구나."

나직하게 흘러나오는 일공의 음성에 귀마노사의 눈빛이 매섭게 변해 갔다.

"빚이라……. 아, 그리 말하니 기억이 나는구나. 그때 그놈은 복면을 뒤집어쓰고 고작 아이들을 괴롭히더구나. 몹시 괘씸하여 내 정확히 삼백예순 조각으로 썰어 눈밭에 뿌려 주었다. 아마 그 유가장의 살귀 놈과 잘 아는 사이였나 보구나."

나직한 음성과 더불어 입가에 머금은 조소를 지우지 않는 귀마노사, 그 명백한 도발에도 불구하고 일공의 표정은 담담하기만 했다.

"고맙구나. 이렇게 내 앞에 나타나 주어서……."

말끝을 흐린 일공의 손끝이 귀마노사를 향했다.

그 순간 귀마노사의 눈빛이 파르르 치떨리며 혼신의 힘을 다해 몸을 솟구쳤다.

팟!

놀라울 정도로 빠른 핏빛 강기 한 줄기가 일공의 손끝에서 뻗어 나와 귀마노사가 서 있던 자리에 끝이 보이지 않는 시커먼 구멍을 만들었다.

거의 비무대 끝단까지 몸을 피한 귀마노사의 얼굴은 전과는 비교할 수도 없을 만큼 굳어 있었다.

갑작스레 치솟은 불안감에 몸을 피할 수는 있었으나, 어찌나 빠른 공격이 이어졌는지 겨우 그것이 지공의 한 형태라는 것만 알아챈 것이다.

상대가 오 년 전 천참만륙당했던 중살과는 아예 경지가 다른 이라는 사실을 인정하지 않을 수 없었다.

귀마노사의 노안이 희번덕거렸다.

최선을 다하지 않으면 자칫 낭패를 당할지도 모르는 상황임을 정확히 인지한 탓이었다.

'연후 녀석에겐 미안하지만…….'

필생의 공력과 깨우침을 더한 그의 성명절기 절명편형

강이 그의 전신을 타고 피어올랐다.

비무대 끝단에서 치솟는 백여 줄기의 강기 다발이 횃불의 빛을 받아 일렁이고 있는모습은 군웅들을 아연하게 만들 정도로 장엄했다.

"놈! 노부가 바로 무량삭월신의 전인이니라!"

귀마노사의 일갈과 더불어 백여 마리 강기로 만들어진 뱀들이 일제히 독아를 드러내며 일공을 향해 짓쳐 들어갔다.

그 순간 가장 놀란 것은 일공이 아니었다.

무량삭월신, 그 이름을 도저히 잊을 수 없는 이들이 있으니 바로 그들은 소림의 승려들이었다.

단 일 초에 백팔나한의 목을 쳐 버린 것으로 씻을 수 없는 치욕을 안겨 준 삼백 년 전의 대마두 삭월신.

소림의 치라 불리는 그날 이후 백팔나한은 더 이상 불패무적이란 이름을 사용치 못했으며 그 후로 더 이상 절대무의 상징이 될 수 없었다.

그렇게 삼백여 년이 흐른 것이다.

한데 그 장대한 세월이 지나 다시금 그 무시무시한 무공의 재림을 보았으니 소림 승려들이 아연해지는 것은 당연한 일이었다.

하나 정작 이를 마주 하고 있는 일공의 눈가엔 오직 투기만이 가득했다.

"마종의 무학 따위, 안중에도 없느니라!"

그의 손끝에서 다시금 핏빛 강기가 쏘아졌다.

백여 줄기의 강기 다발을 향해 정면으로 쏘아지는 한 줄기 핏빛 강기의 속도는 그야말로 여명을 가르는 빛살과도 같았다.

슝!

절명편형강 또한 무극에 달한 깨우침이 있어야 펼칠 수 있는 무공이 틀림없었으나 일공의 혈섬지(血閃指)는 그 궤가 전혀 다른 무학이었다.

굳이 표현하자면 절명편형강이 변검과 환검을 위주로 하는 검식의 형태라면 혈섬지는 오직 쾌(快) 하나에 모든 정화를 담아낸 무학, 거기에 두 사람의 거리마저 일공에게 훨씬 유리했다.

하는 수 없이 귀마노사는 뻗어 가던 절명편형강 휘돌려 겹겹이 세운 채 날아드는 핏빛 강기를 막을 수밖에 없었다.

쩡!

층층이 쌓인 백색의 강기 다발과 부딪힌 붉은 강기 끝에서 기음이 터져 나왔다.

그러더니 놀랍게도 핏빛 강기 자체가 맹렬하게 휘돌기

시작하는 것이었다.

"크!"

귀마노사의 입에서 절로 비명이 터져 나왔다.

믿기 힘든 일이었지만 핏빛 강기는 엄청난 속도로 회전하며 절명편형강을 뚫고 들어오는 것이다.

당연히 내기가 흐트러지며 엄청난 내상을 입을 수밖에 없었다.

더더욱 당혹스러운 것은 초식이나 무공의 상성을 떠나 그저 내공만 놓고 보아도 상대가 자신보다 뛰어다나는 것을 느낄 수 있다는 것이었다.

이는 정말로 예상치 못한 상황이었다.

세상에 유씨 부자 말고 자신을 곤란하게 만들 이가 어디 있겠는가 하는 생각을 하던 차였기에 그 놀람은 더욱 클 수밖에 없었다.

귀마노사의 눈이 다시 한 번 치켜떠졌다.

이렇게 거리조차 확보하지 못한 채 밀릴 바에는 차라리 목숨을 걸고 건곤일척의 승부를 결하는 것이 최선이란 판단이었다.

상대가 하나의 검을 쓴다면 자신이 지닌 검은 수백 자루.

그중 몇을 휘돌려 적의 목을 취하면 될 일이었다.

슈아앙!

혈섬지를 막느라 급급하던 강기 다발 중 대여섯 개가 돌연 치솟아 오르더니 이내 일공의 전신을 난자할 듯 뻗어 갔다.

그 덕에 핏빛 강기의 기세가 더욱더 맹렬한 속도로 밀려들었으나 귀마노사는 확신했다.

이번 공격을 피하기 위해서라도 공세를 거둘 수밖에 없을 것이라고. 그리되면 다시 자신의 거리를 확보할 수 있을 것이라고.

한데 그것이 너무나도 큰 오판이었다.

팔다리와 몸통은 물론 머리까지 날아든 편형강의 강기 앞에서 상대방은 미동조차 하지 않은 것이다.

이대로라면 여덟 토막이 되어 버릴 것이 분명한 상황.

그 순간 귀마노사와 일공의 눈이 마주쳤다.

그때서야 귀마노사는 볼 수 있었다.

상대의 눈에 희미한 조소가 서려 있는 것을.

카카카카카캉!

절명편형강이 일공의 몸뚱이를 베어 갔지만 그 접점에서 들려온 것은 강렬한 금속음이 전부였다.

그 사이 혈섬지는 귀마노사의 심장을 으깬 채 그의 등 뒤로 피분수를 뿜어지게 했다.

절명편형강의 찬란한 백색 강기들 역시 이내 순식간에 사라질 수밖에 없었으며 망연한 표정으로 쓰러져 내리는 귀마노사의 얼굴에는 믿기지 않는다는 빛이 역력했다.

"불괴지신(不壞之身)……."

한데 묘하게도 그 마지막 순간 귀마노사는 웃고 있었다.

이 한 수, 상대의 마지막 구명절초를 연후가 보았을 것이란 생각이 그를 웃을 수 있게 한 것이다.

귀마노사의 마지막이 그렇게 끝을 맺었으나 일공의 눈빛은 어느새 무심하게 변해 있었다.

쓰러진 귀마노사의 주검을 바라보던 일공의 입이 열렸다.

"이로서 삼백 년 치욕을 되돌린 것인가!"

그의 나직한 음성을 들을 수 있었던 것은 오직 소림의 대표로 이 자리에 참석한 이들 뿐이었다.

그들 또한 이제야 확신할 수 있었다.

그가 진정 소림의 제자임을 말이다.

금강불괴지신, 소림 외문 무학의 극의라 알려진 그 전설상의 경지를 이룬 이가 어찌 소림의 제자가 아닐 수 있겠는가.

하나 그것을 인정하는 순간 소림은 산문마저 굳게 닫

아야 한다는 것 역시 잘 알고 있었다.

그가 아무리 소림을 위해 음지에서 살았다 하나 해서는 안 될 일을 너무나도 많이 저질렀다.

그렇기에 그를 인정할 수 없는 것이다.

그저 일제히 일어서 자리를 뜨는 것으로 그와의 인연을 부정하는 것이 전부일 뿐.

하나 일공 역시 그것을 섭섭타 여기지 않았다.

그저 자신을 보았으니, 또 이러한 경지가 있음을 알렸으니 소림의 제자들이 외문무공이라 경시하지 않고 일로매진의 타산지석으로 삼아 주기만을 바랄 뿐이었다.

그렇게 청조의 마지막 비무가 끝이 났다.

군중들은 환호했고 죽은 이를 기억하는 이는 없었다.

하나 그 순간 일공은 온몸에 오한이 스미는 느낌에 황급히 몸을 돌려야 했다.

그곳에 천수낭랑, 아니, 검마라 여겨지는 이가 있었다.

죽은 귀마노사를 가만히 품에 안아 드는 연후.

"그 말 그대로 돌려주지. 고맙다. 내 앞에 나타나 주어서……."

* * *

늦은 밤 중청 광장에선 해산하는 인파들로 인해 혼란이 가중되고 있었지만 일왕각의 지하 공간은 너무나 조용하기만 했다.

곽영이 오백 기의 친위군을 이끌고 서호에 하산했다 하니 독마 갈목종까지 그를 마중하러 나간 터였다.

함께 가자는 것을 거부하며 홀로 밀실 안에 남게 된 음사.

이 이상의 기회는 없을 듯싶었다.

내일 아침 곽영까지 이곳에 오고 나면 운신하기가 더 힘들어질 터, 괜히 강호무림과 조정의 피비린내 나는 세력 싸움에 끼어들 이유가 없다는 판단이었다.

일신의 호가호식을 위해 모든 것을 버렸는데 곽영 따위를 한 번 더 배신한다고 해서 죄책감이 더해질 이유는 전혀 없었다.

마침내 음사가 몸을 움직이기 시작했다.

사실 음사가 밀실 아래 지하 공간이 하나 더 있음을 발견해 낸 것은 다른 이유가 아니었다.

그곳이 공기조차 스며들지 않을 정도로 완벽히 밀폐되어 있었기 때문이다.

음사가 익힌 은형잠영술은 미세한 틈조차 뚫고 들어갈 수 있는 절세의 운신법이다.

하여 어딜 가나 본능적으로 도망갈 곳을 찾는 습관이 있었는데, 그러던 밀실의 아래쪽 한편에 그야말로 완벽히 밀폐된 공간이 있음을 발견한 것이다.

그걸 알면서도 내내 모른 척해 왔던 것은 오늘 같은 기회를 노리기 위해서였고, 그만큼 신중을 기해 만든 공간이라면 무언가 대단한 비급이나 보물이 감춰져 있을 것이란 생각이었다.

물론 그 반대로 무림과의 전쟁을 위한 도구일 수도 있겠지만 그때는 그냥 내빼면 되는 일이었다.

음사는 먼저 기관 장치를 찾아 사방을 면밀히 살폈다.

역시나 비밀 공간의 중요성 때문인지 쉽게 기관을 발견할 수는 없었지만 이런 방면에 있어서는 그야말로 최적화된 무공을 익힌 것이 바로 음사였다.

공기의 미세한 흐름과 틈을 살피며 밀실의 바닥과 벽면을 하나하나 꼼꼼히 살피던 음사가 마침내 무게감이 전혀 다른 벽돌 하나를 발견하고 회심의 미소를 지었다.

벽돌을 힘껏 밀었다.

순간 너무나 당황한 음사.

예상했던 결과와는 달리 한쪽 벽면의 벽돌들이 우르르 무너져 내렸기 때문이다.

우당탕거리는 소리와 함께 쏟아져 내린 벽돌 때문에

등줄기로 식은땀이 솟은 음사는 혹시나 위에서 누가 듣기라도 했을까 한참이나 가슴을 졸여야만 했다.

다행히 워낙 깊은 지하에 만들어진 밀실인지라 이 정도의 소음이 지상으로 퍼지지는 않은 것 같지만 그래도 혹시 몰라 한참이나 마음을 졸여야만 했다.

그렇게 무너진 벽돌 뒤엔 밀실 아래로 이어지는 계단이 있었다.

순간 음사는 다시 한 번 고개를 갸웃거렸다.

"이런 식의 기관이라면 두 번 사용할 일이 없다는 뜻인데……."

왠지 좋지 못한 느낌이 들었지만 기관까지 망쳐 놓고 그냥 도망칠 수는 없었다.

일단은 무엇이 있는지 확인해야겠단 생각으로 움직였다.

천장에 박힌 야명주 하나를 떼어낸 음사가 계단을 따라 걸음을 옮기기 시작했다.

시커먼 어둠뿐인 원형 계단을 야명주의 불빛에 의지해 조심스레 내려간 음사.

그 계단의 끝을 따라 음사가 도달한 곳은 위층의 비밀 공간의 십분지 일이나 될까 말까 한 자그마한 밀실 안이었다.

특별한 장치조차 없는 석문을 밀고 들어올 때만 해도 무언가 기대에 찼던 것이 사실이었지만 밀실 안의 모습을 확인한 음사는 그저 의문에 휩싸일 수밖에 없었다.

커다랗고 투명한 관 하나만 덩그러니 놓여 있는 밀실의 풍경.

더더욱 기이한 것은 그 속이 훤히 비치는 관 안쪽에 어떤 노파 한 명이 죽은 듯이 누워 있다는 것이었다.

그 노파가 차라리 시신이라도 되었다면 그저 누군가의 무덤이려니 생각했겠지만 노파는 분명 살아 있었다.

생각했던 것과 너무 다른 상황에 음사는 뭔가에 머리를 얻어맞은 느낌으로 멍하니 서 있을 수밖에 없었다.

"대체 이게……?"

아무리 생각해도 이해가 되지 않았다.

어딜 봐도 그저 그런 늙은이로 보일 뿐인데 왜 이렇듯 비밀리에 이런 노파를 감춰 두어야 하는지를 이해할 수가 없었다.

음사가 조심스레 관 쪽으로 다가갔다.

야명주를 가까이 대어 보니 노파의 모습이 선명하게 드러났다. 입고 있는 흑의 무복으로 보아 무림인으로 추측할 수 있었다.

하나 그것 말고는 달리 알 수 있는 것이 없었다. 다만 곱게 늙은 그 모습이 젊었을 때는 꽤나 이름을 날린 얼굴이었겠구나 하는 생각이 전부였다.

"젠장! 재수가 없으려니……."

솔직히 그 내막이 궁금한 것은 사실이었지만 괜한 일에 얽히고 싶지는 않았다.

원하던 보물이나 비급이 없다는 것을 확인했으니 일단은 이곳을 빠져나가 천목산을 떠나고 볼 일이었다. 모아둔 재산이 대단한 것은 아니었으나 어느 지역에 가서 장원 한 채 정도는 사고도 남을 정도는 되었다.

하니 더 이상 욕심 부릴 일도 없다는 생각이었다.

그렇게 음사가 다시금 밀실을 빠져나가려는 순간 관 안쪽에서 나직한 음성이 들려왔다.

"이놈들…… 내게 대체, 대체 무슨 짓을 한 게냐……. 나를 꺼내 주거라. 나를……!"

음사가 고개를 휙 돌려 노파를 바라보았다.

노파가 의식을 차린 것을 확인한 음사는 고개를 갸웃거리며 다시 관 쪽으로 다가왔다.

"늙은이는 누구지?"

음사의 날선 질문, 그런 음사의 모습을 확인한 노파의 눈빛이 잠시간 더없이 깊어졌다.

음사는 관복을 입고 있었다.

그 때문에 그녀의 머릿속이 복잡해진 것이다.

"대답하기 싫으면 말고."

음사가 다시 뒤돌아서려 하자 노파가 황급히 입을 열었다.

근 반년 만에 만나는 사람을 이렇게 보낼 수는 없다는 생각이었다.

"당영령. 이 늙은이의 이름일세."

"당영령?"

"당가의 대모. 보아하니 무림인은 아닌 듯한데 이 늙은 이를 꺼내 주게나."

순간 음사의 눈이 빛났다.

당가의 대모, 언젠가 들어 본 기억이 있는 것 같았다.

암왕 당이종의 친모라는 여인, 정체를 알고 다시 생각해 보니 왜 여기 그녀가 있는지 조금 감이 잡힐 것도 같았다.

"왜 여기 갇힌 거지? 혹시 비전의 독 같은 거라도 내놓으라 하던가?"

음사로선 그리 생각할 수밖에 없었다.

이미 번천회의 무리 중 독마가 있다는 것을 알았으니 앞뒤가 착착 맞았다.

아니나 다를까 노파가 침묵하자 음사의 입이 비로소

비릿하게 말려 올라갔다.

"결국 대의니 지랄이니 해도 제 잇속 챙기는 놈이었잖아. 하긴 독마 같은 놈이 있는 곳에서 무슨 대의를 찾겠다고. 캬악, 퉤!"

음사가 신경질적으로 바닥에 침을 뱉은 뒤 당영령에게 말했다.

"구해 주면 뭘 해 줄 수 있소?"

음사의 말투가 조금은 부드러워졌다.

잘하면 보물이나 비급 이상의 것을 얻을 수도 있을 것 같았다.

"당가가 할 수 있는 것은 뭐든지 들어주겠네……."

음사는 씨익 하고 웃었다.

"크게 원하는 것은 없수다. 그냥 조용히 몇 년 당가의 그늘에 숨겨 주시오. 뭐, 먹고살 만큼 금자를 쥐어 주시면 더욱 좋겠고."

음사는 속내를 털어놓았다.

이러니 저러니 해도 무림세가의 그늘 속에 들어가면 당분간 봉공들이나 곽영의 눈을 피해 사는 데는 문제가 없을 것이란 생각이었다.

"좋네. 이 늙은이를 꺼내 주시게."

음사가 피식 웃으며 한 번 더 다짐했다.

"약속하신 거요. 내 당가의 사람들한테 노인장을 데려다 주기만 할 것이오. 아시겠소?"

"내 당가의 이름을 걸고 약속하겠네."

음사가 환하게 웃었다.

그도 그럴 수밖에 없는 게 지금 이곳 무림왕부에 당가의 무인들이 와 있음을 알기 때문이었다.

그 말은 그녀를 이곳에서 꺼내 천웅관까지만 데려다 주면 된다는 말, 그야말로 누워서 코 푸는 격으로 쉬운 일이었다.

그 대가로 당가에 빚을 지울 수 있다면 백 번이고 할 수 있는 일인 것이다.

거기다 무림인이 가문의 이름을 건다는 것은 목숨을 건다는 뜻과 마찬가지다. 그것이 명문대파 출신이라면 더더욱 믿을 만한 것이니 약속이 깨질 것도 없다는 생각이었다.

음사가 유리관을 면밀히 살폈다.

다행히 기관 같은 것은 없었다. 단지 너무나 무거워 그녀의 힘으로는 도저히 밀어낼 수 없었던 것일 뿐.

음사가 온 힘을 다해 유리관을 들어 올렸고 당영령은 힘겹게 그 틈으로 몸을 뺄 수 있었다.

들어 올렸던 유리관을 내려놓자 쿵 하는 소리가 들렸

고 순간 음사는 묘한 어지러움 같은 것을 느꼈다.

너무 힘을 써서 그런지 왠지 손끝에 힘이 빠지는 듯한 느낌이었다.

혹여 독공에 당한 것은 아닌가 하는 마음에 재빨리 내부를 살폈으나 그런 기미는 전혀 없어 안도의 한숨을 내쉬었다.

"올라갑시다."

마음 바쁜 음사가 앞장 서자 당영령이 힘들게 걸음을 떼었다.

앙상한 노인의 뼈마디가 천천히 움직였다.

관 안에서 반년을 움직이지 못하고 보냈으니 그렇게나마 걷는 것이 외려 신기한 일인 것이다.

음사가 짜증스럽게 돌아섰다.

이렇게 뜸 들이다 자칫 번천회 놈들에게 걸린다면 무슨 일을 겪을지 모른다는 생각이었다.

사람을 산 채로 이런 곳에 가둘 수 있는 이들이라면 무슨 짓을 더 못할까 하는 생각이었다.

우선 밖에 나가 노인을 당가에 던져 주고 천목산 밖으로 유유히 사라질 계획이었다. 은원만큼은 확실한 것이 강호이니 당가의 빚은 나중에 받으면 그만이었다.

"업히시오."

음사가 재빨리 당영령을 등에 업었다.

거부하고 말고의 권한 같은 것은 애초에 그녀에게 없는 것이다.

그렇게 음사의 손에 이끌려 등에 업힌 당영령.

순간 그녀의 손톱 끝이 가볍게 음사의 백회혈을 내리 찍었다.

"커억!"

외마디 비명과 함께 그대로 무너져 내리는 음사의 눈길이 당영령을 향했다.

원망과 불신 가득한 음사의 눈빛, 그러거나 말거나 당영령은 자신의 손가락 끝을 유심히 살폈다.

"모두 사라졌구나. 모두……. 사혈을 찍고도 이 같은 자 하나를 죽이지 못하다니……."

당영령이 비척거리며 계단을 오르기 시작했다.

더 이상 음사 따위에겐 전혀 관심이 없다는 듯.

홀로 지하 밀실에 버려진 음사는 이따금 몸을 떨기만 할 뿐 도저히 움직일 수가 없었다.

그런 음사의 귓가로 나직한 노파의 음성이 이어져 왔다.

"본디 나는 제갈 성을 쓰는 여인이니 너무 억울해 말거라."

"젠장……."

무언가가 몸속에서 사라져 간다는 느낌을 받으면서도 음사의 의식은 점차로 사라져 갔다.

*　　　*　　　*

어림천위군의 정예 중에 정예라는 북로기마대 오백을 대동하고 군선에서 내린 곽영을 맞은 것은 절강의 관리들이었다.

당금 조종의 실세 중에 실세가 왔으니 모두가 납작 몸을 엎드리는 것은 당연한 일이었다.

하나 곽영은 그들 관료들의 환대를 물리치고 말고삐를 움켜쥐었다.

산중에 세워진 성채라 하니 기마대 오백을 이끌고 입산하는데 얼마나 시간이 걸릴지 모른다는 생각이었다.

그만큼 곽영은 몸이 달아 있는 상황이었다.

사실 청조의 비무에는 그다지 관심을 두지 않았던 곽영이었다. 한데 날아든 연통들을 보고 있자니 손이 떨리지 않을 수 없었다.

경천동지할 고수들의 등장이 연일 계속되는 상황.

그들을 직접 보고 손속을 나눌 기회가 코앞에 있다 하

니 더더욱 몸이 달아오르는 느낌이었다.

밤을 새워 달리더라도 내일 아침은 무림왕부에서 맞으려는 곽영이었다.

한데 관료들 뒤편에서 그를 붙잡는 음성이 있었다. 번천회를 이끄는 이들 중 한 명인 갈목종이었다.

"곽 장군! 서두르실 것 없소. 금일 청조의 비무가 모두 끝나 내일 하루는 쉬는 날이외다. 묻고 싶은 것도 있고……."

갈목종의 전음에 곽영은 말에서 내렸다.

그와 괴개는 유기문의 오른팔과도 같은 사람, 아무리 곽영이라 해도 그를 무시할 수는 없었다.

곽영을 뒤따라 북로기마대의 장수들 역시 일제히 하마를 했고 그를 마중 나온 관리들의 얼굴에도 화색이 돌았다.

조정의 실세에게 눈도장을 찍기 위해 어마어마한 연회를 준비해 둔 것이다.

곽영은 무뚝뚝한 얼굴로 자신을 잡아끄는 관료들의 뒤를 따랐다.

곽영을 환영하는 연회가 한창인 곳은 서호 지부대인의 사저로 그 장원의 크기가 자그마한 왕성에 견줄 정도로 으리으리했다.

온갖 산해진미가 차려지고 수많은 무희들이 대동된 연회가 성대하게 이어졌지만 정작 그 주인공이라 할 수 있는 곽영은 홀로 인적 없는 후원에 머물고 있었다.

그런 곽영을 다시 찾은 것은 독마 갈목종이었다.

"곽 장군, 원로에 고생하셨소이다."

"고생이랄 것 없습니다. 한데 무슨 일이십니까?"

곽영이 갈목종이나 괴개에게 존대를 하는 이유는 그저 연배의 높낮이 때문이 아니었다.

그들이 먼저 유기문을 알았고, 유기문이 그들을 총애하고 있음을 알기 때문이었다.

그런 곽영에게 갈목종은 당연한 공대의 대상이었다.

"대인께 급히 전해야 할 말이 있소이다. 함께 계시지 않소이까?"

갈목종의 물음에 곽영이 씁쓸한 표정으로 답했다.

"정녕 바람 같은 분, 그 바람이 어디에 머무는지 누가 알 수 있겠습니까?"

갈목종 역시 충분히 공감한다는 듯 고개를 끄덕거렸다. 그러더니 나직한 한숨을 내쉬었다.

"휴, 이거 큰일이외다."

"무슨 일이십니까? 제가 할 수 있는 일이 아닌 것입니까?"

"그렇소. 이는 대인만이 판단할 수 있는 문제인지라……."

"말씀이라도 해 보시지요. 혹 제가 도울 수도 있는 일이니."

"망균에 조금 문제가 생겼소이다."

갈목종의 답에 곽영의 눈이 치켜떠졌다.

순간 발해지는 곽영의 강렬한 안광에 갈목종은 저도 모르게 몸을 떨어야 했다.

그가 황궁제일 고수라 칭해지며 소림의 속가제자라는 것도 알고 있지만 실상 이제껏 자신의 눈 아래로만 여기던 갈목종이었다.

한데 그 눈빛 한 번에 두 다리가 떨릴 지경이니 그를 한참이나 잘못 평가했다는 생각이었다.

그렇다고 해도 그 앞에 주눅들 이유는 없었다.

"대인께서 하명하신 것이 있었소이다. 원정의 주인이 되도록 천수를 누리게 하라고 하셨소이다."

"……."

"한데 그 여인의 경지가 너무 높아 망균이 분리되지 않았소이다. 이제 그녀 자체가 망균 덩어리라 할 수 있소."

"그게 무슨 문제가 되는 것입니까?"

곽영의 음성은 날카로웠지만 갈목종은 크게 개의치 않

고 담담히 입을 열었다.

"일단은 밀폐된 곳에 격리시켜 두었으나 그것이 문제라오. 그녀는 이제 평범한 노인에 지나지 않소. 그런 몸으로 비무의 마지막 날까지 살아 있긴 힘들 것 같소이다. 물론 죽는다고 해서 당장 망균이 소멸되지는 않겠지만……."

갈목종의 음성이 그렇게 끝이 나자 곽영의 얼굴이 굳어졌다.

깊은 눈빛으로 잠시간 허공을 응시하던 곽영, 그 입에서 다시금 담담한 음성이 흘러나왔다.

"이번 영웅대회는 대인께서 강호인들에게 내리는 마지막 배려입니다. 꺼지지 직전 화려한 불꽃을 태워 보라는……. 그 때문에 비무의 마지막 날 망균을 뿌리는 것이지요."

"하면 어쩌란 말이오? 대인께선 한 생명이라 해도 가벼이 여기는 분이 아니시오."

"이 곽영이 책임지겠습니다. 강호의 마지막 장이 늙은 여인 하나 때문에 무너져서야 되겠습니까?"

곽영의 단호한 음성에 독마 갈목종은 더 이상 다른 말을 꺼낼 수가 없었다.

갈목종 역시 곽영과 다르지 않은 생각이었기 때문이다.

고작 다 늙은 노파가 되어 버린 여인 하나를 살리자고

천목산에 모인 강호인들의 염원을 저버릴 수는 없는 일이었다.

명목이야 비급이 되었든 무림왕이 되었든 정작 중요한 것은 이 비무의 끝에 남은 이가 불리게 될 이름이었다.

천하제일인(天下第一人).

그리고 그는 강호무림의 마지막 천하제일인으로 남을 것이 분명했다.

독마 또한 강호인, 그 끝을 보고 싶음 것은 당연한 마음인 것이다.

회동(會同)

어둠이 내리깔리는 서호에는 수많은 배들이 떠 있었다. 그리고 그 배 위엔 색색의 등불들이 휘양 찬란한 불빛을 발하고 있었다.

요 근자에는 중원 제일의 색향이라는 항주가 부럽지 않을 정도로 호사를 누리는 곳이 서호였다.

그리고 그 모든 것은 천목산의 영웅대회와 밀접한 관련이 있을 수밖에 없었다. 특히 금일은 열흘간이나 이어졌던 청조의 비무가 끝나고 찾아온 하루의 휴일이었다.

천목산에서 한꺼번에 내려온 무인들로 인해 서호가 불야성을 이루는 것은 너무나 당연한 일이었다.

물론 서호까지 왔다 함은 내일 있을 이차 비무와는 하

등 상관없다는 뜻이겠지만 그중엔 남다른 사연을 지닌 이들도 있는 법이었다.

특히나 서호 위에 떠 있는 가장 화려한 기루선(妓樓船)을 통째로 빌린 이들은 거나한 상을 차려 놓은 채 누군가를 기다리고 있었다.

화산파의 장문인 화산신검 정사휘와 화산 속가의 거두라 할 수 있는 화영표국의 국주 마등이 바로 이 자리를 만든 이들이었다.

하나 시간이 쉼 없이 흘러 밤은 깊어졌고 색색의 등불마저 하나둘 꺼져 가는 시간이 올 때까지 배 위를 찾는 이는 아무도 없었다.

이윽고 기다림에 지쳐 정사휘가 먼저 자리를 털고 일어섰다.

"오지 않을 생각이로군."

"조금만 더 기다려 보시지요."

"이 시간까지 오지 않았다면 생각이 없다고 봐야겠지. 괜한 헛수고를 했어. 이럴 시간에 다른 대비책을 세우는 것이 나을 뻔했어."

정사휘의 음성은 음울함 그 자체였다.

하나 그와 대화를 하는 마등은 아직 희망을 버리지 않은 것 같았다.

"그는 올 것입니다. 그가 정녕 화산파를 음지에서 지켜 온 이가 맞는다면 오지 않을 리가 없습니다."

마등의 음성이 격앙되자 정사휘 역시 쉽사리 자리를 뜨지 못했다.

한 줄기 미련이 남은 탓이었다.

이대로라면 무림왕의 자리에 올라 강호의 정점에 서겠다는 포부는 고사하고 세인들의 비웃음을 감내해야 할지도 모르는 일이었다.

청조 비무에 참가했던 화산의 제자들 일곱이 모두 첫 번째 비무에서 떨어진 상황, 남은 것은 화산에 내려진 붉은 배첩 한 장뿐이었다.

물론 그 주인은 당연히 정사휘였지만 앞으로 상대해야 할 이들의 면면이 누구 하나 만만한 이를 찾기 힘들 정도였다.

특히나 가장 껄끄러운 것은 벽마의 존재였다.

지난 무산 혈사에서 화산파가 당한 치욕을 세상이 다 아는 일인데 비무대에 올라 벽마를 상대로 지목하지 못한다면 그 비웃음을 어찌 감당할까 싶은 것이다.

하나 현실적으로 이긴다고 장담할 수가 없었다.

그렇다고 오수련에서 먼저 나서 그와 싸우려 들 것 같지도 않았다.

그것이 정사휘를 고민케 하는 것이었다.

그 벽마를 제외하고도 도왕 금도산 역시 더없이 꺼림칙한 상대였다.

과거 그의 팔을 자를 수 있었던 것은 동료였던 매화검수들 모두의 희생으로 가능했던 일이었다.

이십 년 세월이 지나 그가 이곳에 왔다 함은 당연히 자신과 못 다한 승부를 결하고자 하는 이유일 터.

그런저런 은원을 모두 홀로 감당하다간 무림왕은 커녕 대화산파가 단 한 번의 승리도 따내지 못하는 초유의 사태를 맞이할 수도 있는 일이었다.

그래서 이 자리에서 그를 만나러 온 것이다.

육진풍.

그가 풍노인이라 불리는 객잔의 주인이라는 것은 화산의 제자들이라면 모르는 이가 없는 사실이었다.

산문을 오갈 때마다 그 앞에서 소면 한 그릇을 먹고 가는 것이 본산 제자들의 오랜 전통처럼 내려오는 일인데 그를 모를 수가 없는 것이다.

그 풍가 객잔의 주인이 바로 중살 중 하나라는 것은 이미 아는 사람은 다 아는 일이었다.

그것은 소림의 목불이라는 노인과 무당의 죽노야라는 이 역시 마찬가지일 터.

하나 이 같은 사실은 구대문파 모두가 알면서도 쉬쉬

할 수밖에 없는 일이었다. 아니, 외려 혹 자기 문파에도 그러한 숨은 고수들이 있을 것이라 여기며 부리나케 찾았을 정도였다.

다행인지 불행인지 중살로 여겨지는 이들은 그들 셋이 전부였다.

다만 그로 인해 입을 다물고 있던 다른 문파들이 서서히 중살에 대한 의견을 개진하려 한다는 것이다.

하나 이는 어불성설이었다.

그러니 저러니 해도 그들을 인정하는 순간 그들의 죄업을 모두 뒤집어써야 하는 것이니 소림이나 무당, 화산의 입장이며 그리된다면 다른 문파들 역시 그 일에 연루되지 않는다고 장담할 수 없는 일이었다.

하니 그들의 존재를 암묵적으로 인정하며 또한 대외적으로 부정하려 함은 너무나 당연한 처사였다.

이는 화산파 역시 크게 다르지 않았다.

그러나 매화조령까지 발동하여 천목산까지 이른 상황이 다른 문파와는 또 달라 이렇듯 은밀히 육진풍이란 노인을 청한 것이다.

"더 기다릴 이유가 없겠소."

정사휘는 인내심이 많은 이가 아니었다.

올지 안 올지 모를 이를 이만큼이나 기다렸다는 것만

으로도 그의 절박함이 얼마나 크다는 것을 보여 주는 대목이었다.

결국 마등은 정사휘를 붙잡을 수 없었다.

그렇게 정사휘가 자리에서 일어서려 할 때 굳게 닫혀 있던 선실 문이 열렸다.

사안이 사안인 만큼 치밀하게 준비한 일인지라 다른 이가 찾아올 리가 없는 상황.

아니나 다를까 마등의 얼굴에 화색이 돌았다.

하는 일이 있는지라 표국과 본산을 자주 드나드는 탓에 그의 얼굴이 너무나 낯익은 탓이었다.

"오셨습니까?"

마등은 문을 열고 나타난 왜소한 체구의 노인 앞에서 한없이 공경스러운 태도를 취했다.

예전의 객잔 주인으로 대하며 소면 따위를 시키던 시절과는 전혀 다른 태도였다.

이미 청조의 비무 과정에서 아미와 곤륜, 청성을 대표한다는 고수들을 가볍게 꺾어 버린 그에게 공대를 취하지 않을 수가 없었다.

하나 육진풍의 얼굴은 일말의 감정도 담겨 있지 않았다. 그저 장문인 정사휘를 보며 나직한 음성을 내뱉을 뿐이었다.

"이 늙은이가 바라고 원하는 것은 장문께서 소원하는 것과 다르지 않소이다. 힘 닿는 대로 알아서 처신할 것이니 근심을 접어 두시오."

너무나 뜻밖이고 너무나 단도직입적인 말이었지만 그 안에 내포된 의미를 모를 만큼 아둔한 정사휘가 아니었다.

단순한 말 몇 마디가 이어진 것이 전부였지만 그가 화산을 생각하는 마음이 절절히 느껴진 것이다.

정사휘의 입가에 비릿한 미소가 지어졌다.

그가 이렇듯 저자세로 나온다면 더욱더 원하는 것을 얻을 수 있을 터.

이러니 저리니 해도 벽마나 무암 진인만 확실히 견제할 수 있다면 비무의 최종 승자가 되는 것은 여반장이란 생각이었다.

그만큼 자신의 무공에 자신이 있는 것이다.

"그래, 그대는 어찌해서 그러한 삶을 살아온 것인고?"

정사휘의 음성은 한없이 부드러웠다.

대외적으로 표방할 수 없으나 그가 화산의 문하를 자청한다면 그 앞에서만이라도 최대한 끌어안는 모습을 보일 필요가 있었다.

그래야 부리기 쉬운 것이 당연한 것이고.

한데 그 순간 육진풍의 눈빛이 일변했다.

순식간에 선실 안에 서늘함마저 감도는 느낌.

"장문, 내 충고 하나 하리다."

순간 미간이 꿈틀하는 정사휘, 하나 육진풍의 음성은 거침없었다.

"강호를 살아가는 이에게 중요한 것은 사연보다 무력이오. 그런 면에서 장문은 참으로 딱하오. 정 장문! 그대는 내 일도조차 버겁다 할 수준이오."

"뭐라고! 감히……!"

정사휘가 도저히 참지 못하고 자리를 박찼으나 육진풍은 미동조차 하지 않고 말을 이었다.

"그렇듯 처세에만 익숙해졌으니 어찌 화산에 앞날이 있다 하겠소. 검을 뽑았으면 내뻗기라도 하시오. 이 늙은이 풍진의 혈로 속에서 갑자의 세월을 살아왔거늘 허세조차 구분치 못할 것 같소?"

육진풍의 말에 정사휘의 얼굴이 부들부들 떨렸다.

처한 상황만 아니라면 단칼에 요절을 내 버리고 싶은 심정, 하나 참고 또 참았다.

그런 정사휘의 모습에 육진풍은 다시 한 번 혀를 찼다.

"나 육진풍, 이곳에 오기 전까지 천하에 적수가 셋을 넘지 않는다 자신했소. 한데 이제는 보이는구려. 내가 바로 정저지와(井底之蛙)였음을 말이오. 부디 자중하고 제자들을 보전하여 이곳을 떠나시오. 그리하면 다시 화산의 때를 맞을 것이니."

육진풍이 품 안에서 책자 두 권을 꺼내 정사휘 앞에 내던졌다.

툭 하며 탁자 위에 떨어진 책자를 보며 정사휘의 눈가가 씰룩했으나 육진풍은 이내 미련 없이 뒤돌아섰다.

"자하신공과 더불어 그 끝을 본다면 붉은 매화가 천하를 뒤덮을 것이오."

육진풍은 그렇게 사라졌다.

하나 남은 정사휘의 눈빛은 분노의 감정을 지워내지 못하고 있었다.

"감히! 감히!"

부들부들 떨면서도 눈앞에 책자에서 눈을 떼지 못하는 정사휘.

그것이 체면 때문임을 파악한 마등이 조심스레 책자를 집어 들었다.

책자의 내용을 주르륵 살핀 마등의 표정은 온통 의문으로 가득했다.

하나의 신공과 하나의 검보였으나 그 가치를 파악할 수준의 무인이 못되었던 것이다.

정사휘가 신경질적으로 책자를 낚아챘다.

그리고 이내 그것을 펼쳐 넘기더니 점점 더 그 눈동자가 커지기 시작했다.

급기야 부들부들 떨기 시작하는 그의 손길.

심법이 적힌 서적은 그야말로 상리를 초월한 신공이 담겨 있었고, 검보 또한 형식이 검일 뿐이지 어풍비행이나 그 이상의 고절한 무론에 대한 상세한 기록이 담겨 있었다.

세상에 알려진다면 천하를 들썩이게 할 정도의 가치가 있는 그야말로 절세의 비급들.

책자를 덮은 정사휘의 눈이 어느새 차갑게 식어 갔다.

그리고 이내 번쩍 하며 뻗어 나온 그의 일검.

화양표국의 국주 마등은 목이 떨어져 나가면서도 대체 왜 자신이 이렇게 죽어야 하는지를 이해하지 못했다.

"강호의 보물은 말일세, 얻은 이 말고 누구도 몰라야 하는 것이 진리라네."

바닥을 흥건히 적셔 가는 마등의 핏물을 밟고 저벅저벅 걸어 나가는 정사휘의 눈빛이 더없이 차갑게 번들거렸다.

* * *

연일 왁자지껄하던 승호부도 여느 때와 달리 조용한 시간을 맞고 있었다.

많은 이들이 비무가 쉬는 날을 틈 타 천목산을 빠져나간지라 평소와는 다른 적막감마저 감도는 느낌이었다.

하루가 다르게 쌀쌀해지는 날씨 탓인지 통나무를 이어 만든 객잔들이 줄지어 있는 승호부의 저자에도 오가는 이들이 별로 눈에 띄지 않았다.

하나 유독 그 객잔들 중 한 군데서 시끄러운 목소리가 흘러나왔다.

"자자, 편하게들 드세요. 오늘 제가 여길 통째로 전세 냈으니까 필요한 거 있으면 말씀만 하시구요. 저 엄청 부자입니다."

무린의 음성이 제법 크게 흥겹게 흘러나왔지만 그와 함께 커다란 원형 탁자에 앉은 이들의 반응은 더없이 무겁기만 했다.

"도왕 아저씨! 아저씨가 어떻게 좀 해 봐요."

무린이 도왕 금도산을 불러 보지만 그 역시 굳어 있는 얼굴을 풀지 않았다.

아니, 오히려 분위기는 더욱 무거워졌고 그제야 당예예가 나섰다.

"혁 공자님. 그렇게 애쓰지 않으셔도 돼요. 그렇죠?"

그녀가 나서자 내내 침울하게 고개를 떨어뜨리고 있던 연후가 얼굴을 들었다.

그리고 자신에게 모이고 있는 시선들을 살폈다.

제일 먼저 들어온 것은 옆자리에 앉은 당예예의 걱정스런 눈빛이었다.

그 눈빛을 담담히 받은 연후가 주변을 훑었다.

백부 금도산의 얼굴은 무심하여 무슨 생각을 하는지 알 수가 없었다.

그것은 옆에 있는 사다인 역시 마찬가지였다.

두 사람이 무린과 더불어 여러 날 동안 함께 지내고 있다는 것은 이미 알고 있는 일이었지만 비무가 이어지는 동안 따로 찾아와 만날 수는 없었다.

비무대 주변에서 만난 금도산이 먼저 그리하자 했기에 연후로선 따를 수밖에 없었다.

금도산이 이곳에 온 이유를 너무나 잘 아는 연후기에 감히 그 뜻을 거스를 수가 없는 것이다.

화산파에게 부친의 혈채를 받는 것은 물론이요 중살에 대한 복수가 목표인 금도산.

오직 그것을 위해 살아온 이가 백부임을 알기에 감히 그 뜻을 거역할 수가 없었다.

더구나 백부 금도산은 자신에게 염왕진결을 전해 준 또 한 명의 스승이었다. 그런 백부를 만나자마자 부친의 행방을 따져 묻고 싶지는 않았던 것이다.

당예에에겐 미안했지만 그것 또한 금도산을 백부로 여긴다면 당연히 지켜야 할 예라 여겼다.

그러던 차에 귀마노사가 중살 중 한 명에게 죽어 버린 것이다.

연후에겐 크나큰 충격이 아닐 수 없었다.

그것은 단순히 귀마노사가 죽었다는 이유 때문이 아니었다.

칼끝에 목숨을 내놓고 사는 것이 강호임을 알게 되었으며, 연후 스스로도 수백의 목숨을 단번에 끊은 적이 있으니 어찌 그의 죽음만 특별하다고 할 수 있겠는가.

연후의 머릿속이 복잡한 것은 그보다 더 깊은 상념 때문이었다.

우선 귀마노사를 살리고자 했다면 충분히 그럴 수 있었다는 사실이었다.

하나 도저히 그럴 수가 없었다.

그것이 자신에게 무의 길을 열어 준 스승의 마지막 길을 오욕으로 덧칠하는 일임을 알게 되었기 때문이다.

그의 유체를 거두어 초라한 봉분 아래 묻으면서도 그 일만은 후회하진 않았다.

외려 웃으며 죽음을 맞이한 그의 눈가에 다짐하고 다짐했을 뿐이다.

반드시 저들의 뿌리까지 뽑아 단죄할 것이라고.

그러면서 들게 된 하나의 의문이 내내 떠나질 않고 있는 것이다.

중살이 사용하던 기이한 무공, 강기마저 튕겨내던 믿지 못할 그의 몸뚱이에 대한 의문이 끊이질 않는 것이다.

귀마노사의 절명편형강이 얼마나 무시무시한 무공인지 누구보다 잘 아는 연후였다.

그런 공격을 맨 몸으로 받아낼 수 있다는 것, 그것은 연후에게 일종의 경이로움으로 받아들여지는 일이었다.

그렇다고 해서 목불이란 노인에 대한 단죄의 의지가 약해진 것은 절대 아니었다.

그저 어찌하면 그 단단한 몸뚱이를 베어낼 수 있을까에 대한 생각이 내내 머릿속을 떠나지 않고 있었던 것이다.

그리고 그 실마리 또한 목불 노인이 사용하던 기이한 지공에서 찾고 있는 연후였다.

같은 강기의 무공이 부딪혔지만 귀마노사의 강기가 무참하게 뚫려 버렸다.

그것이 비단 내공의 높낮이 때문이 아님을 볼 수 있었던 것은 당시 연후가 광안을 열고 있었기 때문이다.

그렇기에 알 수 있었던 것이다.

속도와 회전, 그리고 그것이 만들어 내는 파괴의 결과.

그것은 바로 광해경의 커다란 줄기에 내포된 진의와도 연결된 것이었다.

속도와 힘은 서로 깊게 상관하여 반등한다는 구절.

무언가 알 듯 알 듯한 기분에 내내 신경이 그 하나에 쏠려 있었던 것이고 그것이 주위 사람들에게 침울함으로 받아들여진 것이다.

심지어 내내 곁을 지키던 당예예조차 그렇게 받아들이고 있었으니 연후의 고민이 그만큼 깊었다는 것이었다.

때마침 연후를 향해 이어지는 날 선 음성이 있었다.

"꼴사납다."

투박하고 거친 사다인의 음성에 함께 자리하던 이들의 얼굴이 삽시간에 굳어졌다.

하지만 정작 연후는 너무나 담담하게 그 말을 수긍했다.

"확실히……. 그랬을지도 모르겠다."

그렇게 입을 연 연후가 먼저 자리에서 일어섰다.

"그자는 내 몫. 사다인, 아무리 너라도 안 돼!"

연후는 그 말을 남기고 자리를 박찼다.

당예예가 그런 연후를 보며 당황한 얼굴이었다.

강호인이 되기 위해 이런저런 모습을 보여야 한다고 내내 일러 주었던 것을 넘어 연후에게서 너무나 진한 무인의 향기를 맡은 것이다.

자칫 친구들 사이에 무슨 일이라도 벌어지지 않을까 하는 걱정이 들 정도로 연후의 모습은 차갑기만 했다.

하나 외려 사다인은 그런 연후를 보며 희미하게 웃고 있었다. 그런 모습은 혁무린 역시 마찬가지였다.

이제 조금은 연후나 그 친구들에 대해 알고 있다 싶었는데 지금 보니 아직은 멀었다는 생각마저 들었다.

그렇게 자리를 떠나려는 연후를 혁무린이 붙잡았다.

"강이 녀석이 오고 있다. 얼굴은 보고 가야지."

단목강을 언급하자 연후가 잠시 걸음을 멈추었다.

비무 중간 중간 몇 번 마주하긴 했으나 그저 눈인사를 나눈 것이 전부였다. 회포를 풀고 싶은 마음이야 당연했지만 당장은 아니라는 생각이었다.

"이런 자린 모든 일이 끝나고 갖자. 금 백부님! 후일 뵙겠습니다."

연후는 그저 묵묵히 고개만 끄덕이는 금도산을 두고 뒤돌아서 버렸다.

그러자 외려 당황스러운 것은 당예예였다.

그녀 역시 당가의 소가주란 신분이 있는 터라 힘겹게 몸을 뺀 날이었다. 더구나 단목연화와 은서린을 이곳에서 만나기로 했는데, 연후가 이렇게 먼저 가 버린다 하니 잠시간 어찌해야 할지 결정을 내리지 못한 것이다.

하나 이내 그녀 역시 마음을 정했다.

"그럼 소녀도 일어서야겠습니다."

당예예가 맑은 음성을 남긴 채 연후를 따르려 하자 혁무린이 또다시 그녀를 만류했다.

"어! 당 소저! 그냥 가면 어쩌나? 당 소저 없으면 나 재미없어."

무린의 너스레에 당예예가 피식 웃으며 낭랑하게 대꾸했다.

"여필종부(女必從夫)라고 하잖아요. 그럼, 나중에……."

그녀의 망설임 없는 음성에 무린은 황당하여 할 말을 잃고 말았다.

그녀의 밝은 음성과 태도 때문에 분위기는 확실히 달라졌지만 그렇다고 연후의 발걸음이 늦춰진 것은 아니었다.

연후 나름 지금 머릿속에서 무언가가 잡힐 것 같은 기분이었기에 도저히 이곳에 있을 수가 없었던 것이다.

'결국! 답은 빠름 안에 있다.'

머릿속에 맴도는 화두 하나를 붙잡은 채 연후가 앞장서고 당예예가 뒤를 따랐다.

그렇게 두 사람이 객잔 밖으로 나가려는 그때였다.

쾅!

객잔의 통나무 문이 박살 날 듯 열리고 시커먼 인영이

뛰어들어 온 것이다.

"혁 공자! 큰일! 큰일입니다."

입가에 피를 머금은 흑의인, 그는 다름 아닌 암천이었다.

무린이 벌떡 일어섰고 그 신형은 순식간에 암천의 코 앞에 이르렀다.

그가 어찌 움직였는지 본 사람은 오직 연후 하나뿐이었다.

"무슨 일이야?"

혁무린의 눈동자가 무시무시한 흑광을 뿜자 그제야 암천이 정신을 차렸다.

"소가주께서 암습을 당했고…… 연화 아가씨와 은 소저께서 납치를……."

암천의 말이 떨어지자마자 사다인은 벌떡 일어나 밖으로 뛰쳐나갔다.

장소를 묻고 자시고 할 필요도 없다는 뜻.

무림왕부에서 이곳 인부촌 승호부까지 길이라곤 좁다란 산로 하나뿐이었다.

변을 당한 장소라고 해 봤자 그 중간 어디쯤일 것이 뻔한 것.

사다인은 일단 움직이고 보는 사내였다.

하나 무린은 침착했다.

"어디지?"

"서문을 나서 이백 장쯤 내려선 산로에서 갑작스레……."

암천이 입을 여는 동안 연후의 신형이 움직였다.

그 눈에 서린 기이한 안광!

일순간 연후의 신형이 거짓말처럼 객잔 안에서 사라졌고 이를 확인한 중인들의 시선이 화들짝 놀랄 수밖에 없었다.

하나 그 누구보다 놀란 것은 혁무린이었다.

잠시간 암천과 단목강의 일마저 생각하지 못할 정도로 놀란 혁무린이었다.

"하하, 하하하하하!"

그러더니 이내 난데없는 웃음을 터트리는 혁무린.

당황한 암천이 조심스레 혁무린의 눈치를 살폈다.

단목강은 물론 자신까지 함께 있는데 당한 암습이었다. 그런데도 암습자의 모습을 제대로 확인조차 하지 못한 상황이었다.

단목강은 그 뒤를 쫓았으나 암천은 오직 무린을 생각했을 뿐이었다.

이 일이 무린과 관계가 있다는 것을 직감적으로 알았던 것이다.

그 때문에 이렇듯 미친 듯이 달려왔던 것이다.

한데 무린이 잠시간 실성한 사람처럼 웃고 있는 상황.

"하하하하, 그랬단 말이지. 녀석이 익힌 게 화령과 무상만이 아니었단 말이지. 이거 미치겠는 걸. 저 망할 무공이 아직까지 이 땅에 남아 있었다니……."

"혁 공자님! 아가씨께서……."

암천이 다시금 소리쳐 무린의 정신을 차리게 했다.

그제야 무린의 눈에 무시무시한 안광이 서렸다.

"어떤 놈이었지?"

맹세코 이제껏 단 한 번도 본 적 없는 무시무시한 눈빛이었다.

절로 온몸이 얼어붙는 듯한 느낌. 하나 무린은 암천의 대답을 듣지 않았다.

"역시 그놈이로군. 좋아. 한 번 놀아보자구."

무린의 신형 역시 섬전처럼 객잔 밖을 향해 쏘아졌다.

그제야 암천은 기력이 다한 듯 털썩 주저앉았다.

"예 와서 몸이나 정양하게. 저 아이들이 한꺼번에 나섰는데 별일이야 있겠는가."

텅 빈 자리에 홀로 앉아 묵묵히 술잔을 기울이던 금도산의 음성이었다.

혼돈의 서막

하오문의 문주 여운대는 입이 귀에 걸려 찢어질 정도로 기분이 좋은 상태였다.

무암 진인의 등장 이후 판돈이 기하급수적으로 늘어남에 따라 도박판마다 어마어마한 수수료를 챙겼기 때문이다.

더구나 큰돈을 거는 전주들이 비무 참가자들의 실력을 얼추 파악한 뒤인지라 더더욱 거는 돈의 단위가 커지고 있었다.

거기에 막대한 부수입이 또 하나 있으니 유독 정체불명의 참가자들이 많은 터라 이에 대한 정보를 구하는 문파들이 많아진 것이다.

그들이 원하는 것은 부르는 것이 그대로 값이 될 정도로 돈이 되는 정보이니 여운대의 투실투실한 얼굴에 미소가 떠나지 않는 이유였다.

이 추세가 영웅대회가 끝날 때까지만 계속된다면 절강땅 전체를 사고도 남을 만큼의 황금이 모일 것 같았다.

그렇게 여운대가 기쁨에 겨워 돈 세는 재미에 빠져 있을 때 총관 노국종이 헐레벌떡 뛰어들어 왔다.

"문주님! 큰일, 큰일 났습니다."

노국종의 목소리는 어찌나 다급한지 곧 숨이 넘어가도 전혀 이상할 것 같지 않았다. 하나 그 때문에 좋던 기분이 완전히 사라진 여운대는 짜증부터 치밀었다.

"뭔데 그리 호들갑인가!"

"지금 항주에…… 항주에 군선들이 새까맣게 몰려들고 있답니다."

"뭐? 항주에 군선이?"

여운대가 움찔하며 몸을 일으켰다. 단번에 사안이 심상치 않음을 느낀 것이다.

"그렇습니다. 화화림(花華林)에서 보내온 특급 전문입니다."

여운대는 다시금 눈을 치켜뜰 수밖에 없었다.

화화림은 기녀들을 중심으로 고급의 정보만을 취합하

여 팔아먹고 사는 곳이었다.

본래 하오문과는 공조 공생을 밥 먹듯이 하는 곳이라 절대 거짓 정보를 넘길 리 없었다.

"대체 어디 소속 군선이 얼마나 왔다는 건가?"

"표기로 보아 금군이 틀림없으며 최소한 오십 척은 넘는답니다. 잘하면 백 척 이상일 수도……."

"미친! 금군의 군선이면 한 배에 사오백은 타 있다는 말이지 않은가? 열 척만 해도 최소 사천인데 백 척이면 사만 명이란 말인가?"

"날이 밝는 대로 정확한 수를 파악할 거라 합니다. 그나저나 어찌합니까?"

"어쩌긴 뭘 어째? 당장 튀어야지. 그 병력이 왜 항주로 들어오겠어?"

여운대는 벌써 그간 벌어 놓은 황금과 전표, 은자들을 챙기며 분주해졌다.

그런 여운대를 향해 노국종이 물어왔다.

"진짜 전쟁입니까?"

"그럼 놀러 왔겠어? 내 이번 일이 수상타 했다. 병력 오천이 전부 쇠뇌를 들고 왔을 때부터 이상했어. 그리고, 뭔 비무대회를 이렇게 오래해? 이게 다 죄다 몰아넣고 한 번에 몰살시키려는 수작질이었던 거야. 우리부터 당장 튀어야 해."

여운대의 움직임이 바빠졌다.

하나 총관 노국종은 뭔가 다른 생각이 있는 표정이었다.

항주에서 이곳까지 아무리 빨라도 하루 반나절 거리, 거기다 숫자가 숫자인 만큼 거기서 하루 이틀은 시간을 더 잡아먹을 것이 틀림없었다.

이는 아직 충분한 시간이 있다는 뜻이었다.

"문주님!"

"왜!"

신경질적인 여운대의 반응에 총관 노국종의 눈빛이 반짝 하고 빛을 냈다.

"이런 정보야 말로 진짜 돈이 되는 것 아니겠습니까?"

짜증 가득한 얼굴로 짐을 챙기던 여운대의 귀가 쫑긋 치켜 올라갔다.

그리곤 이내 노국종의 얼굴을 빤히 쳐다보던 여운대의 얼굴에도 비릿한 미소가 걸리기 시작했다.

"노 총관. 자넨 천재야!"

어차피 늦어도 이틀 후면 알려질 일이었지만 그 이틀이면 얼마의 돈을 벌어들일지 모르는 정보를 손에 쥐었다는 사실이 두 사람을 웃게 하는 일이었다.

*　　*　　*

광안을 열고 지닌 바 모든 힘을 쏟아내 몸을 움직이기 시작한 연후의 움직임은 그야말로 한 줄기 빛살이라고밖에 표현할 수 없었다.

산중의 어둠을 관통하여 연후가 단목강을 찾은 것은 인부촌을 나선 후 고작 숨 몇 번 몰아쉴 정도의 시간이 흐른 뒤였다.

먼저 달려 나간 사다인은 까마득히 뒤쳐졌고 무린은 이제야 그 사다인을 앞지르고 있을 때였다.

정체불명의 적이 사라진 산로를 따라 몸을 날리고 있던 단목강은 등 뒤로부터 전해지는 가공할 기세에 놀라 몸을 움찔하며 팔비신륜을 날리려고 했다.

팟!

순간 공간을 찢으며 나타난 듯한 연후의 모습에 단목강의 표정이 아연하게 변했다.

"어디냐?"

다짜고짜 물어오는 연후의 물음에 단목강은 얼떨떨한 표정으로 입을 열 수밖에 없었다.

"연후 형님!"

"저쪽이더냐?"

"네…… 형님, 저 능선 쪽으로……."

"알았다."

짧은 말 한마디와 함께 다시금 연후의 눈에 일렁이기 시작하는 기이한 빛무리.

그리고 이내 거짓말처럼 사라져 가는 연후의 모습에 단목강은 다시금 놀랄 수밖에 없었다.

연후가 어디서 와서 어떻게 사라졌는지 도저히 파악할 수 없었기 때문이다.

전설 속 축지성촌이란 신선들의 술법이 있다는 이야길 들은 기억이 있어 연후가 혹시 그런 경지에 오른 것은 아닌가 하는 생각이 들 정도였다.

그렇다고 놀라고만 있을 수가 없었다.

그야말로 난데없는 기습이었다.

살기조차 전혀 느껴지지 않은 가운데 기이한 그림자 같은 것이 밀려와 단목연화와 은서린을 낚아채 사라져 버린 것이다.

너무나 순식간에 벌어진 일.

그 찰나 호위하던 암천에게 일장을 뿌리고 다급하게 날린 팔비신륜마저 가볍게 피해 버린 그림자는 산자락을 타넘어 사라져 버렸다.

혼신의 힘을 다한 추격이었지만 어느새 그림자의 종적마저 놓쳐 버린 단목강이었다.

그렇게 흐른 시각은 연후가 나타나기까지 채 반각이나 될까 말까 할 정도로 짧은 시간이었다.

하나 단목강 역시 가만히 있을 수가 없었다.

종적을 놓쳐다고 두 손을 놓고 있을 수는 없는 상황, 사람이 나다닐 수 있는 산자락이라면 어디라도 뒤져 보아야 할 때인 것이다.

단목강이 그렇게 마음을 다잡고 움직이려 할 때 뒤편에서 또 다른 누군가의 기척이 느껴졌다.

앞선 연후와는 또 다른 거대한 기세.

단목강이 다가오는 이를 확인하곤 두 눈이 다시금 크게 흔들렸다.

혁무린이 오고 있었다.

단지 무린이 오고 있기 때문에 놀란 것이 아니었다. 험준한 산자락을 가벼운 발길질 한 번으로 타넘는 그 놀라운 경신법은 분명 곤륜의 운룡대팔식이었다.

강호삼대경신법이라는 곤륜의 절기, 더욱더 믿기 힘든 것은 그가 펼치는 경지가 이전까지 누군가와도 비견할 수 없을 정도로 고절하다는 것이었다.

단목강 정도 되면 당연히 볼 수 있는 경지, 그렇게 높다랗게 솟은 나뭇가지 하나를 박찬 무린의 신형이 허공으로 표홀하게 치솟았다가 이내 거짓말처럼 단목강 앞에 떨어져 내렸다.

'암향표?'

무린의 마지막 움직임은 틀림없는 화산파의 독문 신법이었다.

청조 비무에서 화산파의 속가제자 하나가 이를 사용했던 것을 본 터라 단목강 역시 모르지 않았다. 다만 다른 것이 있다면 비무대 위의 암향표와 무린이 펼친 암향표의 경지가 천지 차이가 날 만큼 다르다는 것뿐.

그 짧은 순간 단목강의 머릿속을 파고드는 것이 있었다.

일전에 무린이 보여 주었던 무제와 망량겁조와의 격전에 대한 기억이었다.

망량겁조가 사용하던 온갖 종류의 천의무봉할 무학들, 그것이 어찌 된 이유인지 조금은 알 것도 같았다.

"연후는?"

내려서자마자 무린의 입에서 나온 음성이었다.

납치된 누이의 안부를 묻는 것이 아닌지라 조금 섭섭하기도 하였지만 당장은 그런 것들을 따지고 있을 상황이 아니었다.

단목강이 연후가 사라져 간 등선 쪽을 가리켰다.

"저쪽입니다."

"그럼 난 이쪽을 맡는다."

그렇게 짧은 한마디를 남긴 무린의 신형이 다시금 지면을 박차고 솟아올랐다.

순식간에 새처럼 날아올라 나뭇가지를 밟으며 산등선 옆면의 비탈 쪽으로 사라지는 무린의 모습은 한 마리 야조(夜鳥)를 연상시킬 만큼 놀라운 것이었다.

무린의 모습 또한 그렇게 순식간에 사라져 갔다.

그때 다시 들려온 무린의 음성.

"혈마도! 뽑아야 한다면 망설임 없어야 한다."

단목강은 흠칫했다.

하나 그것이 무슨 뜻인지 모를 이유가 없었다.

그만큼 위험한 적이 나타났다는 것, 늘 웃고 있던 무린조차 얼굴이 굳어질 만큼의 적이 등장한 것이리라.

'하긴 팔비신륜조차 통하지 않았으니…….'

단목강이 다시금 마음을 굳게 먹었다.

그리고 연후와 무린이 사라져 간 곳과는 또 다른 길을 택해 몸을 날렸다.

그런 단목강의 눈빛에도 전에는 보인 적 없는 거침없는 살기가 넘실거렸다.

이를 알기라도 하는 듯 등 뒤에 메여진 혈마도가 나직하게 울기 시작했다. 그 순간부터 단목강을 휘감기 시작한 어마어마한 살기가 산자락을 타넘어 사라지는 동안에도 흩어지지 않을 정도였다.

그렇게 유가장의 세 친구들이 사라진 자리로 얼마 뒤 사다인이 모습을 드러냈다.

그가 어지간한 고수들을 찜 쪄 먹을 정도로 날래다고 해도 연후나 무린처럼 빠를 수는 없었다.

하나 그에게는 다른 능력이 있었다.

친구들이 떠나 버린 자리에 이른 사다인은 조용히 한 쪽 무릎을 꿇고 주변을 하나하나 살피기 시작했다.

"강이는 이쪽, 무린은 저쪽인가? 하면 연후 녀석은 저쪽이겠고……."

사다인이 눈은 정확히 친구들이 사라진 쪽을 짚어내고 있는 것이다.

그렇게 잠시간 주변을 살피던 사다인이 천천히 입을 열었다.

"멍청한 놈들! 체향이 여기서 감쪽같이 사라졌단 말이다. 이런 초보적인 함정에 걸리다니……."

사다인은 움직이지 않고 그 자리를 지켰다.

외려 그 눈은 자신이 지나쳐 온 인부촌과 무림왕성이

있는 뒤편을 향하고 있었다.

"위험한데…… 위험해……."

사다인의 음성이 완벽한 어둠과 침묵 속에 잠식당한 산자락 한편에서 나직하게 흘러나왔다.

* * *

"무엄하구나. 본 공주가 누군 줄 알면서도 감히!"

일왕각에 마련된 숙소에서 머물던 자운 공주가 잠시 잠깐 의식을 잃은 뒤 깨어난 곳은 자그마한 방 안이었다.

딱히 밀실이나 지하 공간이란 느낌이 전혀 들지 않는 평범한 방 안의 침상 위.

"뭐하는 자들이기에 감히 본 공주를……."

그녀의 음성은 눈앞에 자리하고 있는 세 노인을 향해 한없이 높아지려 했다.

그 순간 흘러나오는 노인의 음성.

"그리 용 쓸 것 없소이다. 음파 정도를 차단하지 못할 늙은이들이 아니니. 그래, 공주라 하셨소?"

노인의 음성이 너무나 서늘해 입을 열던 자운 공주의 얼굴이 삽시간에 굳어졌다.

분명 납치가 되었음이 분명한 상황인데 눈앞의 노인들

은 자신의 정체조차 몰랐다는 것이다.

상황이 이해되지 않으니 머릿속은 더욱 복잡해질 수밖에 없었다.

"허허, 대체 이것이 다 무슨 일인지……."

무당의 이공 죽노야가 상황의 난감함을 깨닫고 혼잣말을 내뱉었고 이는 함께하고 있는 삼공 육진풍이나 일공 역시 마찬가지였다.

그럴 즈음 방문이 소리도 없이 열리더니 표홀한 그림자 하나가 스며들었다.

그 그림자로부터 또 다른 두 개의 인영이 던져져 자운 공주가 앉은 침상 위로 떨어져 내렸다.

세 봉공도 자운 공주도 당황한 얼굴을 감출 수 없는 상황.

한데 침상 위에 내던져진 두 여인을 확인한 자운 공주의 당황한 음성이 터져 나왔다.

"서린아! 연화 언니!"

혼절한 두 여인을 부르며 부릅떠지는 그녀의 눈빛.

"감히! 네놈들이 이러고도 살아남을 성싶더냐! 당장 우리를 풀어 주지 않으면 내 황상께 고해 구족을 모조리 능지처참……."

"조용!"

검은 그림자에서 흘러나온 음성이 분노에 몸서리치는 자운 공주의 귓가로 스며드는 순간 그녀는 더 이상 입을 열 수가 없었다.

무언가가 목구멍 속으로 들어와 탁 하고 모든 소리를 막아 버린 것 같았기 때문이었다.

그렇게 자운 공주가 입을 닫자 외려 세 봉공이 온전히 모습을 드러낸 선사를 향해 의문 가득한 눈길을 보냈다.

이게 다 무슨 일이냐는 눈빛.

"선사!"

일공이 그를 불러 보지만 그의 모습은 어느새 흐릿한 잔영만을 남긴 채 사라지고 있었다.

다만 남은 것은 그가 남긴 기이한 음성뿐.

마지막 결착의 한 명.

그 바람이 이곳으로 불어야 모든 것이 끝을 맺는다.

때가 되면 알리라. 그것이 나와 우리의 천명이었음을…….

이제 남은 마지막 날을 준비하거라.

광령(光靈)

당금 황실로부터 그 전통과 권위를 인정받아 붉은 배첩을 얻은 명문대파의 무인들과 피와 죽음이 난무하는 치열한 비무를 뚫고 올라온 푸른 배첩의 무인들이 드디어 맞붙게 되는 날.

천목산의 하늘은 유난히도 맑아 무림왕부로 오르는 이들의 마음을 더없이 들뜨게 했다.

보는 것만으로도 가슴을 들끓게 하는 초극의 고수들이 잇달아 등장하니 과연 구문오가로 대변되는 전통의 명문거파들이 이들을 어찌 상대할까에 대한 소문들로 모여드는 이들의 발걸음을 더욱 부채질했다.

무림왕부가 개방되고 비무가 시작된 후 그 어떤 날보

다 많은 군웅들이 모여들어 중청 광장을 가득 채우니 그 수가 어림잡아도 일만은 훌쩍 넘길 정도였고, 그 후로도 모여드는 이들의 행렬은 끊이질 않았다.

그렇게 들뜬 군중들이 운집하여 소란스럽기 그지없는 중청 광장의 비무대 주변으로 백팔나한을 앞세운 소림의 승려들이 들어오기 시작하더니 내노라 하는 구문오가의 고수들이 줄을 이어 착석하기 시작했다.

태극 도의를 걸친 무당의 일대제자들이며 흑색 무복을 걸친 공동파의 복마검대, 아미파를 상징하는 연화팔승은 물론이요 청성, 종남, 곤륜, 점창, 화산의 고수들이 줄줄이 세를 과시하며 들어와 비무대와 군중들 사이에 자리를 잡았다.

그 뒤를 따라 들어온 이들은 전통의 명문으로 꼽히는 남해검문, 보타암, 숭양문, 응조방 등의 고수들이 줄을 이었다.

그들 또한 구대문파에는 속하지 못하나 붉은 배첩을 받은 것에 누구 하나 이의를 달 수 없을 정도로 오랜 전통을 지닌 명문 무파들이었다.

그렇게 한 무리의 무인들이 들어서고 난 뒤 제갈세가를 필두로 남궁, 황보, 언가 성을 쓰는 세가 연합의 고수들이 가문을 대표하는 무단을 앞세운 채 도열하기 시작했고 끝으로 당가와 단목세가의 고수들이 착석했다.

이전의 비무까지만 해도 형식적으로 문파를 대표하는 이들 몇몇이 자리했던 것과는 그 분위기부터 전혀 달랐다.

전부 자리를 잡고 보니 그 수만 해도 근 이천 명에 달하는 이들이 비무대 주변을 에워싼 상황, 그 뒤편에 앉은 군웅들로선 새삼 명문거파의 저력 앞에 주눅이 들 수밖에 없었다.

특히나 그렇게 자리를 잡은 명문거파의 무인들이 일제히 한쪽을 향해 적의를 표하고 있으니 그 분위기의 살벌함은 바보 천치라 해도 느낄 수 있을 정도였다.

명문대파의 무인들의 날 선 시선이 향하는 곳, 그곳은 당연히 청조의 비무를 뚫고 올라온 무인들이 자리를 잡고 있는 군막 쪽이었다.

특이한 것은 청조의 비무 통과자가 서른이 넘는다고 알려져 있는데 정작 그 안에 자리한 이는 열 명이나 될까 말까 한다는 것이었다.

그도 그럴 것이 그렇게 청조를 통과한 이들 중에서도 몇몇을 제외한 이들 대부분이 명문거파 출신들이니 그들 대부분이 각자의 사문을 따라 이 자리에 나섰기 때문이었다.

여하간 그러한 분위기가 이어지자 무언가 대단한 이변을 기대했던 군중들의 기대감도 조금씩 수그러들 수밖에 없었다.

수백 년 동안 강호를 지배해 온 명문대파의 위력을 새삼 실감하고 있는 터였다.

그렇게 고조되는 분위기에 화룡점정을 찍은 것은 이제껏 꽉 닫혀 있던 중청 전각의 문이 열린 후였다.

붉고 푸른 관복을 입은 관리들과 눈부신 갑주를 걸친 무장들이 주르륵 도열하여 비무대까지 길을 내더니 그 길을 따라 한 명의 무장이 걸음을 옮기기 시작했다.

"팔십만 금군의 수장 곽영 대장군 입장이다! 강호의 무부들은 예로서 맞으라!"

곽영을 호위하여 따르던 무장 하나가 일갈을 내뱉었으나 이를 받아들이는 강호무인들의 태도가 그 말을 따를 리 없었다.

황제가 친히 나선 것도 아닌데 금군의 대장군이란 직함 때문에 그 앞에 고개를 숙일 이유가 없는 것이다.

그런 중인들의 반응에 대노한 호위 무장이 다시 한 번 소리를 치려 하자 앞서 걷던 곽영이 뒤돌아서며 눈빛으로 그를 막았다.

그 뒤 천천히 걷던 걸음을 달리하여 단번에 지면을 박

차 비무대의 중심까지 날아올라 착지하는 곽영의 모습.

금린이 가득 매달린 그의 갑주가 착지의 충격을 못 이기고 철그렁거리는 소리를 토해내자 군웅들은 물론 명문거파의 무인들 모두 눈을 치켜뜨지 않을 수가 없었다.

황실의 무장이라 하면 경시하던 풍조가 만연한 것이 강호인들의 습성, 하나 곽영의 신법이 참으로 고절하다는 것은 식견 있는 이라면 누구라도 알 수 있는 일이었다.

그렇게 단상에 홀로 선 곽영이 자신에게 쏘아지는 수많은 시선 앞에서 당당하게 포권을 말아 쥐었다.

"나는 금군의 장수로 이 자리에 서지 않았소."

거침없이 흘러나오는 그 음성과 더불어 믿기 힘든 일이 벌어졌다.

우우우웅! 촤라라라락!

그의 전신에서 피어나는 무시무시한 기운에 수천 개의 용린들이 미친 듯이 떨리기 시작했다.

그렇게 떨리던 용린들이 어느 순간 쾅 소리와 함께 일제히 사방으로 터져 나가자 좌중은 뒤집어질 듯한 소란으로 가득찼다.

마친 수천 개의 암기가 무작위로 날아가 군웅들을 척살하려는 것만 같은 상황, 그 사이 자리한 명문의 무인들이 일제히 날아올라 비수처럼 날아가는 용린을 낚아채기 시작했다.

찰나지간 벌어진 황망한 사태에 누구 하나 분노하지 않은 이가 없었고 그 분노는 고스란히 비무대 위에 홀로 선 곽영을 향해 있었다.

한데 그렇게 다시 본 곽영을 향해 누구 하나 함부로 고성을 뱉을 수가 없었다.

금빛 갑주를 날려 버린 곽영은 어느새 한 자루 검을 든 참으로 평범한 무인의 모습을 하고 있었던 것이다.

너무나도 의아한 그 모습에 좌중의 당혹스러움만 더해 가는 그때 곽영의 음성이 나직하게 열렸다.

"군웅들의 안전을 빌미로 강호의 동도들을 시험함을 용서하십시오. 이는 직위를 벗어던지기 위한 마지막 점검이었습니다."

전과 달리 참으로 공손해진 곽영의 음성에 의아함만 더해졌으나 포권을 말아 쥔 곽영의 태도에는 한 치의 흔들림도 없었다.

"소림 속가 곽영이라 합니다. 불성 지공 대사로부터 달마삼검을 사사받고 군문에서 이를 깨우쳤으니 마땅히 황실의 대표로 무림왕에 도전하려 합니다."

누구도 예기치 못했던 곽영의 태도에 중인들의 표정이 더없이 복잡하게 변해 갔으나 곽영은 자신이 해야 할 일을 확실하게 매듭지었다.

"세 싸움을 하고 싶어 이 자리에 온 이들이 어찌 무인이겠습니까? 승자 연승 방식으로 최후의 일인을 뽑고자 하니 만인이 인정하는 무림왕은 당연히 이러한 과정을 거쳐야 할 것입니다. 나 곽영, 한 명의 무인으로 이 자리에 섰으니 마땅히 첫 비무는 나로부터 시작할 것입니다. 누구라도 좋으니 오르십시오."

곽영의 음성이 그렇게 끝을 맺자 지척에 도열한 수많은 명문대파 무인들의 얼굴이 잔뜩 일그러지기 시작했다.

하나 군웅들의 반응은 그들과는 천양지차였다.

"우아아아아! 곽영 장군 만세!"

누군가 참지 못하고 토해낸 소리였겠지만 그 뒤를 따라 군웅들이 열렬히 환호하기 시작한 것이다.

승자 연승 방식이란 승리한 자가 끊임없이 비무대를 지키는 다소 불합리한 비무였지만 그 나름의 가치가 있었다.

진정한 강자만이 살아남는다는 것, 마땅히 무림왕으로 권력을 누리고 또한 천하제일인의 이름을 가지려면 그러한 처절한 과정을 거쳐야 진심으로 인정을 받을 수 있다는 생각들인 것이다.

하나 정작 남은 비무에 참가하려는 이들에겐 예상치

못한 악재가 아닐 수가 없었다.

벌써 이런저런 패들을 들고 서로 교류하며 누굴 견제하고 누굴 내보낼까에 대한 말을 맞춰 둔 상황에 곽영의 선언은 그야말로 악재 중에 악재가 아닐 수가 없는 것이다.

이런 비무가 이어진다면 결과를 예측할 수 없는 것이 분명할 터, 좌중의 분위기가 아무리 달아올랐다 하더라도 반드시 막아야 할 일이었다.

하나 그들이 눈빛으로 의견을 개진하는 사이 비무대 위엔 또 다른 사내 한 명이 오른 후였다.

"북패!"

등장한 이를 알아본 군웅들의 외침과 더불어 상황은 도저히 되돌릴 수가 없이 흘러갔다.

북원의 무신이라 불리는 사내 골패륵.

그가 곽영을 보며 이제껏 단 한 번도 내비치지 않았던 미소를 지었다.

"오랜만이군!"

골패륵의 음성에 곽영 역시 잠시간 그를 쳐다보더니 묘한 미소를 지었다.

"하하하! 대인의 말씀은 참으로 틀림이 없구려. 세상에는 짝이 되었든 적이 되었든 필생의 상대가 반드시 존재한다 하시더니…… 이런 곳에서 다시 만나는구려."

"못 다한 승부 오늘에서야 결착을 보겠구나."

"각오하시는 것이 좋을 것이오. 그때의 나는 분명 애송이었으니."

"안다. 그래서 더욱 죽이려 했지. 살아남으면 다시는 중원 땅을 못 밟을 것 같았으니."

"밤이 길면 꿈도 길어지는 법, 오시오!"

* * *

천하의 명산이라는 황산을 지나 절강으로 이어진 한적한 길을 따라 두 사람이 느긋한 걸음을 걷고 있었다.

누덕누덕한 잿빛 가사를 걸친 온화한 인상의 노승과 단정한 백색 학사의를 입은 중년 문사, 두 사람의 나직한 음성이 조용한 산로 위를 울렸다.

"과연 이 모든 것이 자네의 뜻대로 될 것이라 보는 것인가?"

"일을 도모하는 것은 사람이나 이루어지는 것은 하늘의 뜻이라 했습니다. 그저 최선을 다하고 결과를 기다리는 것이 저의 소명이지요."

"아미타불! 그것을 아는 이가 어찌 이리 맹목적인고?"

"대사의 이해를 바라지 않습니다. 다만 부조리한 것 하나가 사라지고 또 다른 부조리가 그 자리를 채우지 않게 하려는 욕심일 뿐이지요."

문사의 말에 노승의 눈빛이 더욱 깊어졌다.

"노납은 모르겠네. 정녕 모르겠어. 자네의 뜻이 그저 몽상이 아니길 바랄 뿐……."

"조금 불편할 뿐이지요. 대사께서도 그러하지 않으십니까? 내공이 없다 하여 대사께서 불성이라 불리던 분이 아닌 것은 아니지 않습니까?"

"어허! 그것이 어찌 같은 것이겠는가? 나야 태공공의 독수에 당해 내력을 상실한 것일 뿐, 자네 덕에 이 늙은 몸뚱이가 입적의 때가 늦춰진 것은 고마우나 천목산에 있는 이들은 다르지 않은가?"

입을 여는 노승의 눈빛은 더없이 깊은 시름에 잠겨 있었다.

거기에 더해 나란히 걷는 문사의 눈빛 역시 측량할 길이 없이 깊었으나 그 눈빛에는 흔들리지 않는 신념 같은 것이 있었다.

"천도(天道)를 따라 걷기에는 너무 오랜 시간이 걸리옵니다. 그간 또 얼마나 많은 이들이 덧없이 희생되겠습니까. 말씀드렸다시피 그저 불편할 뿐, 대사와 같은 지극한 깨우침을 지닌 이들은 온전한 세상을 살아갈 것입니다."

"아미타불! 차라리 힘에 꺾이고 싶은 것이 무림인들일 것이네. 차라리 자네의 힘으로 저들을 죽이게나. 그 막대한 군세로 문파들을 겁박하게나. 아니 될 말일세. 망공독황의 재림이라니. 내 어찌 그 황망함을 알면서도 자네에게 동조하겠는가?"

노승의 음성이 파리하게 떨렸다.

처연함마저 느껴지는 노승의 모습, 그것이 당대의 성승이라는 불성의 모습이리라곤 누구도 예상치 못할 것이다.

하나 그와 나란히 걷는 문사 유기문의 음성은 단호하기만 했다.

"정녕 수만의 피가 강산에 흩어져야 아시겠습니까?"

너무나 나직한 음성에 더욱 굳어지는 불성의 노안.

"대사께서 저들을 위한다는 마음이 독선이며 탐욕임을 정녕 모르시겠습니까? 정작 대사께서 가장 두려워하는 것이 수백 년 이어 온 소림의 영화임을 진정 인정치 못하신단 말씀입니까?"

유기문의 음성이 점차 높아지자 불성의 노구는 더욱더 움츠러들고 작아지기만 했다.

마음속 하나의 욕심, 소림의 제자이기에 도저히 버릴 수 없는 그 하나의 염원을 끄집어 올린 유기문의 질타에 불성 지공의 눈빛은 처연하게 무너져 내렸다.

그런 불성의 마음을 온전히 읽어낸 유기문의 음성이 나직하게 이어졌다.

"대사께서 나서면 가능합니다. 피를 흘리지 않고도 충분히 변할 수 있습니다. 무로서 난립하는 세상이 아닌, 뒤에서 군림하는 무력이 아닌 더불어 백성과 살아가는 강호가 시작될 것입니다."

유기문의 말에 불성은 더 이상 반박할 힘이 없었다.

유기문 그가 힘으로 무림 전체를 없애 버리겠다 해도 과연 어찌 막을 수 있을까 싶은 마음인데, 누구도 죽지 않고 또 누구도 다치지 않고 이전까지와는 다른 무림을 만들겠다 하는데 어찌 반박만 할 수 있겠는가.

그의 말처럼 내공이 사라지면 불편할 뿐인 것이다.

내공이 없다고 소림이 소림이 아닌 것이 아니며 강호가 강호가 아닌 것이 아닐 것이다.

의인과 협사는 또 태어날 것이며 악인과 악종은 또 자신의 무를 휘두를 것이다.

다만 그들로 인해 입게 될 만백성의 피해가 줄어들 뿐, 유기문의 말은 정녕 틀린 것이 없는 것이다.

그러다 결국 힘으로 지역의 패주를 자처하던 강호의 문파들은 하나둘 사라지게 될 것이 자명한 일이고…….

그런 생각들을 하는 불성의 머릿속은 참으로 복잡하기만 했다.

한데 그 순간 전혀 예기치 못한 음성 하나가 두 사람을 향해 들려왔다.

"하하하하! 아둔한 자로다. 정녕 아둔한 자로다."

천지를 뒤흔드는 것처럼 사방팔방에서 들려오는 거대한 음성에 불성의 노안이 치떨리기 시작했다.

하나 그 순간 더없이 낮게 가라앉기 시작하는 눈빛으로 천천히 사위를 살피는 유기문의 모습.

그때 다시 두 사람의 귓가로 강렬한 목소리 하나가 내리꽂히듯 들려왔다.

"천무(天武)의 주인이 살아 있는데 그것이 가당키나 한 꿈이란 말이냐! 아둔한 자로다. 진정 아둔한 자야!"

그 음성의 끝자락이 귓가로 들려오던 그때 유기문의 신형이 한 줄기 바람처럼 치솟았다.

일순간 광풍이 되어 산로 위로 치솟은 유기문의 시선에 난생처음 대하는 기괴한 모습의 노인이 들어왔다.

깊고 깊은 심연 속으로 빨려드는 듯한 유기문의 눈빛, 그리고 이내 유기문의 전신이 미약하게 떨리기 시작했다.

같은 것을 익혔으나 다른 존재.

최근 몇 년 사이에 그 가닥을 잡은 비어 있는 도를 깨우친 노인이 눈앞에 있었다.

하나 그가 자신과 다르다는 것을 단번에 알 수 있는 유기문이었다.

그는 깨우친 이가 아니라 만들어진 존재였다.

모든 것이 허허로웠으나 그의 머릿속엔 떨쳐 내지 못한 강한 원념 하나가 있었다.

너무나도 악하고 너무나도 두려운 원념 하나가 전부로 비춰지는 사람.

"누구시오?"

"그대에게 진정한 천명을 일러 줄 사람! 궁금타면 나를 붙잡아 보거라."

* * *

북천신도 골패륵과 곽영의 비무는 도저히 그 끝을 짐작할 수 없을 정도로 치열하게 이어졌다.

아침나절 시작된 비무가 해가 중천에 이르는 시각까지 이어지고 있으나 누구 하나 그들의 대결을 지루하게 여기는 이가 없었다.

이미 두 사람의 공방으로 인해 화강암으로 만든 비무대 자체가 그 흔적뿐이 남지 않은 상태였고 두 사람의 검과 도가 부딪히는 반경이 점차 확산되어 감으로서 비무대 주변에 착석했던 명문거파의 무인들마저 자리에서 일어서 그 영역을 넓혀야만 했다.

한 치의 양보도 없으며 한 치의 물러섬도 없는 두 사람의 공방이 검강과 도강, 심도와 어검의 경지를 넘나들며 치열하게 계속되며 좌중의 시선을 한 곳으로 잡아끌던 그때 누구도 예기치 못하는 일이 벌어졌다.

서로의 공방에 밀려 뒤로 튕겨졌던 두 사람이 다시금 서로를 향해 쇄도하던 순간, 두 사람 사이로 거대한 도 한 자루가 내리꽂힌 것이다.

콰쾅!

이미 폐허가 된 비무대 전체가 자욱한 흙먼지로 가득 차올랐고 이 난데없는 상황에 곽영과 골패륵은 물론 군웅들조차 흠칫 할 수밖에 없었다.

"이쯤 했으면 자리들 양보하지. 지루하군."

바닥에 꽂힌 대도를 향해 저벅저벅 걸어오는 거대한 체구의 외팔 사내는 바로 금도산이었다.

그의 이해하지 못할 행동에 좌중은 경악을 금할 수가 없었는데 외려 담담한 것은 조금 전까지 치열하게 싸웠던 두 사람이었다.

그들 가운데 선 금도산이 바닥에 꽂힌 대도를 가볍게

뽑아 든 뒤 두 사람을 번갈아 바라본 뒤 입을 열었다.

"마음 바쁜 사람은 자네들만이 아니야. 싸울 곳은 지천인데 꼭 여길 고집해야 하나?"

금도산의 말에 곽영의 눈썹이 꿈틀했다.

이는 골패륵 역시 마찬가지, 그러자 금도산이 다시 나직한 음성을 내뱉었다.

"둘이 덤벼도 상관없네. 단, 빨리 결정하게나."

금도산의 오연한 음성에 잠시간 무거운 침묵이 비무대를 가득 채웠다.

이는 중청 인근에 도열해 있는 관리들이나 금군의 무장들 역시 마찬가지였다.

하지만 이 자리의 최고 책임자인 곽영이 그 당사자로 신중히 처신하니 함부로 나설 수가 없는 상황이었다.

순간 곽영이 전혀 의외의 말을 했다.

"대인으로부터 무슨 말을 들은 것이 있소이까?"

오로지 금도산만이 알아들을 수 있는 말이었다.

"의제의 연통이 있었네. 무공으로 복수할 수 있는 마지막 자리가 이곳이라고. 비켜 주겠나? 쥐새끼가 자꾸만 도망갈 궁리를 하니 마음 조려 못 있겠구먼."

금도산의 시선이 곽영 너머 어딘가를 향했다.

그가 바라보는 곳은 당연히 화산파가 있는 곳, 곽영이

이내 검을 회수했다.

"시간이 허락된다면 꼭 한 번 보고 싶소이다. 도제의 염왕도법이 어느 정도인지를……."

곽영은 미련 없이 돌아서 비무대가 있던 자리를 벗어났다.

그의 걸음이 중청 쪽으로 향하자 북로군의 장수 둘이 황급히 다가와 새로운 갑주를 그의 어깨에 걸쳤다.

그러자 남은 이는 무심한 표정의 골패륵과 금도산뿐이었다.

"아쉬운가?"

금도산이 물었고 골패륵은 가만히 그를 응시하더니 이내 한마디를 남긴 채 돌아섰다.

"중원에는 참으로 사람이 많구나."

골패륵 역시 비무대가 있던 자리를 벗어나자 드디어 좌중의 술렁거림이 시작되었다.

대체 일이 어떻게 돌아가는지 몰라 혼란만 더해지는 때, 중청 단상에 마련된 태사의에 착석한 곽영이 군웅들을 향해 일갈했다.

"무림왕을 뽑는 자리다! 천하 위에 우뚝 설 자신 있는 자만 올라야 할 것이다!"

그가 사자후를 내지르자 소란스러웠던 장내가 삽시간

에 조용해졌다.

조금 전 어마어마한 무위를 선보인 것에다 이제 다시 본연의 임무인 승천대장군으로 돌아왔음을 공표한 것이나 다름없으니 누구 하나 그에게 반박을 할 수가 없었다.

싸늘하게 변한 중청 비무대의 살풍경 앞에 여기저기 술렁이는 것이 전부인 상황, 홀로 선 금도산만이 어딘가를 조용히 응시하고 있을 뿐이었다.

그 순간 누군가 호기롭게 금도산을 향해 몸을 날렸다.

"남해 청조각의……."

백염을 휘날리며 고절한 경신법을 선보이는 중년인은 남해의 명문으로 알려진 청조각의 각주였다.

해남검문과 함께 남해에서 가장 커다란 성세를 구가하는 검문으로 당당히 붉은 배첩을 받고 이 자리에 선 인물이었다.

하나 그는 자신의 이름과 출신조차 제대로 밝힐 수가 없었다.

금도산의 대도가 엄청난 소리를 내뿜으며 그를 후려쳤고 그 도풍에 휘말린 청조각주는 내려서지도 못하고 뒤로 날아가 바닥에 처박혀 버린 것이다.

그 기경할 모습에 좌중이 얼음처럼 굳어져 버린 순간, 금도산이 더없이 싸늘한 음성을 뇌까렸다.

"자격 없는 놈들 말고!"

그 음성 뒤 도끝을 들어 화산파의 무인들을 정확히 가리키는 금도산.

"나와라 정사휘! 나 금도산, 이 자리를 빌어 부친이신 만력부 금악원의 원수를 갚고자 한다!"

너무도 당당히 복수를 천명한 금도산의 기개에 좌중의 소란이 가중되기 시작했다.

도왕 금도산과 그의 부친, 그리고 화산파와 신검 정사휘가 얽힌 사연을 아는 이들이 이를 궁금히 여기는 이들에게 설명하느라 생긴 소란이었다.

자그마한 목소리들이라 하나 일만이 넘게 운집한 장소에서 넘쳐 나는 소리이니 당연히 그 술렁임이 커질 수밖에 없는 것이다.

하나 정작 지목받은 정사휘는 눈썹만 파르르 떨 뿐 자리에서 일어서지 않았다.

그저 분노의 눈길을 지우지 못한 채 금도산을 노려보기만 할 뿐.

'대체 육진풍 그자는 무엇을 한단 말이냐?'

아무리 주변을 살펴도 지난밤 보았던 육진풍의 모습은 보이질 않았다.

물론 정사휘라고 해서 당장에라도 금도산을 베어 버리

고 싶은 마음이 없는 것은 아니었다.

하나 이제 고작 두 번째 비무였다.

벌써 나섰다간 몇 번의 비무만 거쳐도 분명 공력이 고갈되고 말 것이 틀림없었다.

이는 다른 이들에게 어부지리를 줄 것이 분명한 일, 쉽게 결정 내릴 문제가 절대로 아니었다.

게다가 이상한 소문마저 나돌고 있는 때였다.

금군 수만이 은밀히 천목산을 에워싸기 시작한다는 정보가 나도는 이때 대관절 무슨 일이 벌어질 줄 알고 공력을 허투루 낭비하겠는가.

여차하면 비무를 포기하는 순간이 오더라도 제 몸 하나는 건사해야 하는 때였다.

벽마도 아니고 금도산과의 해묵은 은원 따위에 매달리고 자시고 할 이유가 없는 것이다.

"감히 산적의 자식 놈이 공명정대한 화산의 행보에 이의를 다는 것이냐? 화산의 검을 견식하고 싶거든 네놈부터 자격을 가지거라!"

자리에 앉은 채 일갈하는 정사휘의 태도에 여기저기 눈살을 아니 찌푸리는 이가 많았으나 외려 그는 너무나도 당당한 모습이었다.

그 순간 터져 나온 금도산의 광소!

"하하하하하하하! 살기 위해 지 사형제들의 등 뒤를 떠밀어 모조리 죽게 하며 고작 내 팔 하나를 취한 놈이 네놈 아니더냐! 그래 놓고 신검이니 뭐니 불리니 제 주제도 모르는구나!"

금도산의 대소에 좌중의 분위기가 다시 한 번 서늘하게 식어 가며 일제히 정사휘를 향하기 시작했다.

순간 당황함에 물들어 가는 얼굴을 억지로 지운 정사휘가 자리를 박차고 일어섰다.

그렇다고 해도 정작 비무대 위로는 나서지 않고 제자리에서 볼썽사납게 대꾸하는 것이 전부였다.

"어디서 그런 말도 안 되는 격장지계를 펼치느냐! 정원한다면 훗날 화산을 찾아오너라! 내 검이 향할 곳은 오직 도성 어르신뿐이다. 그분께 천하제일의 이름을 받고자 이곳에 온 내가 어찌 네놈 따위에게 힘을 낭비하겠느냐?"

연이어진 정사휘의 호기로운 음성에 좌중의 분위기가 다시 일변했다.

그가 무암 진인을 상대할 것이라 천명하는 순간 정사휘를 더 이상 비난할 수가 없게 된 것이다.

보다 강한 상대를 위해 자신의 검을 아끼겠다는데 어찌 그를 비난할 수 있겠는가.

하지만 연이어진 금도산의 말에 결국 정사휘도 움직이

지 않을 수가 없었다.

"쥐새끼 같은 놈! 올라와 내 일도를 견뎌 보거라. 그리하면 내 스스로 목을 잘라 화산의 산문 앞에 내던질 것이다."

순간 부릅떠진 정사휘의 눈빛.

승패를 내는 것은 몰라도 고작 일초의 도법이라면 당당히 파훼하고 물러섬으로서 이 상황을 완벽히 타계할 수 있다는 생각이 번쩍 든 것이다.

"놈! 대화산의 인내를 시험하지 말거라!"

신형을 박차고 허공으로 치솟은 정사휘의 신형이 한 마리 고고한 학처럼 폐허 속으로 내려섰다.

부운답신이라 해도 좋을 화려한 신법을 펼치며 착지한 정사휘의 눈은 비릿하게 웃고 있었다.

한데 오히려 그를 마주한 금도산의 입가가 환하게 벌어졌다.

"미련한 놈! 앞선 두 사람이 왜 자리를 피했는지도 몰라보는!"

"뭐라?"

정사휘가 꿈틀하며 대꾸하려다 이내 석상처럼 굳어졌다.

우우우웅!

금도산의 대도를 타고 한 차례 웅혼한 공명음이 뿜어지고 이내 그 공명은 다시 거대한 기세로 변해 금도산의 전신을 타고 허공으로 치솟았다.

화르르르륵!

마주한 정사휘의 눈에만 보이는 거대한 불의 칼 한 자루가 금도산의 등 뒤로부터 시작되어 하늘 끝까지 치솟기 시작한 것이다.

이빨마저 덜덜덜 떠는 정사휘!

일도에 수백의 절정 고수를 단번에 베어 버린 절세 무상의 도법.

그 염왕도법의 극의 화령지도(火靈之刀)의 발현 앞에서 정사휘는 그 어떤 저항조차 할 수가 없었다.

"죽어라! 버러지!"

더없이 싸늘한 음성과 함께 거대한 불길의 도가 정사휘를 휘감아 왔다.

평생을 익힌 자하신공조차 떠올릴 수 없는 압도적인 힘 앞에서 정사휘는 극심한 요의(尿意)를 참아낼 수가 없었다.

주르르륵!

하물 주변으로부터 시작되어 백의 도복 아래로 흘러내린 싯누런 물방울들이 더없이 애처롭게만 보이는 정사휘였다.

"사, 살려 줘!"

정사휘는 처절하게 소리쳤지만 그 한마디로 인해 그는 자신의 목숨을 지킬 수가 있었다.

거대한 불길의 도를 향해 날아드는 거대한 그림자가 있었다.

신도합일(身刀合一), 광도비천(光刀飛天)!

삼공 육진풍의 최후이자 최강의 절초가 금도산의 화령지도를 엇나가게 한 것이다.

콰쾅!

정사휘의 바로 옆으로 떨어져 내린 도의 궤적을 따라 지면마저 흐물흐물 녹아내리며 기다란 골이 파였고, 그 믿기지 않을 이적에 다시 한 번 좌중의 입이 다물어질 줄 몰랐다.

그 와중에도 정사휘는 뒷걸음질 치며 자신이 배설한 오줌 더미 속을 열심히 기어갔다.

그 모습을 보며 누가 화산신검을 떠올릴 수 있으며 또 누가 화산의 이름을 고결하다 할 수 있겠는가.

육진풍은 그런 정사휘를 보고 있었다.

차라리 당당하게 죽었다면 좋았을 것을.

그런 마음이었지만 이미 늦었다.

감당해야 할 것은 감당해야 하며 이를 발판으로 화산파는 다시 태어날 것이라 믿었다.

그것이 명문이며 그것이 화산이 나아가야 할 길이었다.

육진풍의 눈이 매화조령을 받고 몰려든 수많은 화산파의 문도들을 살폈다.

부끄러워 고개조차 들지 못하며 장문인을 외면하고 있는 모습들.

저들을 위해서라도 육진풍에겐 반드시 해야만 하는 일이 있었다.

육진풍이 금도산 앞에 섰다.

일합을 부딪쳐 본 결과 자신의 비세가 분명했지만 그렇다고 도저히 어찌해 볼 수 없을 만큼 강하다는 생각은 들지 않았다.

도(刀)의 싸움이라면 누구에게도 지고 싶지 않았다. 그것이 아무리 환우오천존 중 한 명의 무공이라 해도.

육진풍이 적의를 불태우며 금도산을 노려보는 그때, 정작 금도산의 눈은 오물을 뒤집어쓴 채 바닥을 기고 있는 정사휘를 바라보고 있을 뿐이었다.

"죽일 가치도 없는 놈이로구나."

금도산은 뽑아 들었던 도를 허리춤에 패용한 채 천천히 뒤돌아섰다.

이에 당황한 것은 오히려 육진풍이었다.

"서라!"

무시당한 기분에 분노까지 더해진 음성, 하지만 들려온 대답은 전혀 생각지도 못한 것이었다.

"약속한 게 있어서…… 네놈들은 그 아이들의 몫이다."

전혀 알아듣지 못할 말을 내뱉은 금도산을 향해 고개를 갸웃거리는 육진풍.

하나 그 의아함도 그저 잠시의 순간뿐이었다.

금도산이 폐허를 벗어난 그 잠시의 순간 뒤 무언가가 엄청난 속도로 다가오는 것이 느껴졌다.

눈으로 보이지 않는 그 어떤 알 수 없는 위압감에 육진풍의 눈이 삽시간에 사방을 살피던 그때였다.

"컥!"

육진풍의 입에서 숨이 넘어갈 듯한 비명이 터져 나온 것은 그야말로 촌각의 시간이 지난 후였다.

그의 목울대를 움켜쥔 사내와 눈을 마주친 육진풍의 노안이 뒤집어질 듯 떨렸다.

그런 찰나에도 본능적으로 박도를 움켜쥔 오른팔을 휘두르는 육진풍.

서걱!

하나 무언가 썰리는 소리와 함께 떨어져 내린 것은 도를 움켜쥔 채 바닥에서 생선처럼 파닥거리는 육진풍의 오른팔이었다.

"크윽!"

다시금 터진 육진풍의 비명과 더불어 사내의 모습이 확연히 드러났다.

흑의 무복을 입은 사내의 정체는 바로 연후였다.

하나 이제는 그의 정체가 누구인지 누구나 알아볼 수 있었다.

그의 오른손에는 이전까지 비무에선 볼 수 없었던 한 자루 유려한 검신이 빛을 내고 있었기 때문이다.

"검마!"

초연검을 알아본 누군가의 음성이 터져 나오고 좌중은 이 믿기지 않은 사태에 다시금 혼란에 빠져들었다.

이것이 대체 비무대회인지 그도 아니면 사사로운 은원의 대결장인지를 분간하기 힘든 지경이었다.

하나 정작 이를 만류하고 또 중재해야 할 곽영이나 금군의 무장들은 너무나도 조용하기만 했다.

그것이 어디 싸울 테면 마음껏 원 없이 싸워 보라는 무언의 수긍인지 그도 아니면 더욱 처절한 난전을 원한다는 종용의 뜻인지 알 수는 없었으나 모여든 군웅들이 원하는 형태가 아니란 것만은 분명했다.

그렇게 좌중의 혼란과 술렁거림은 더해졌지만 정작 폐허로 변한 비무장 가운데 선 연후의 눈빛은 그 어느 때보다 차갑기만 했다.

"어디 있지?"

무엇을 묻는지 알고 있으나 입을 열 수는 없었다.

아마도 선사가 납치해 온 세 여인의 행방을 묻는 것일 터.

그제야 육진풍은 선사가 자리를 비우며 당부한 것이 어떤 의미였는지를 온전히 이해할 수 있었다.

비무 따윈 접어 둔 채 여인들을 지키는데 온 힘을 다하라는 그의 명령 아닌 명령.

그는 아마도 이러한 결과를 예측하고 있었을 것이다.

육진풍이 눈을 감았다.

만류하는 일공과 이공의 손을 뿌리치고 나올 때 이미 어떤 일이든 각오하고 있었다.

그들에게까지 추잡한 최후를 안겨 주고 싶지 않았다.

"죽여라!"

꽉 조여진 목구멍을 뚫고 흘러나오는 육진풍의 음성, 하나 연후는 그런 육진풍의 목울대를 더욱 힘껏 움켜쥔 뒤 번쩍 들어 올려 그대로 바닥에 메다꽂았다.

쾅!

돌무더기에 머리가 처박힌 육진풍의 입에서 시커먼 피가 한 무더기나 토해졌다.

제대로 목이 잡힌 육진풍은 고통에 겨운 눈을 하고도 비명조차 제대로 내뱉지 못했다.

"죽이라고? 그럼 살려둘 성싶으냐? 어디 숨겼는지나 대답해라!"

연후의 무시무시한 음성이 육진풍의 귓가를 날카롭게 파고들었으나 핏물을 잔뜩 머금은 그의 입술은 그저 달싹거리며 같은 말만을 되풀이했다.

"죽여……다오……. 제발……."

그 순간만은 그것이 육진풍의 진심임을 알았으나 그렇다고 달라질 것은 없었다.

용서할 수도 없고 용서해서도 안 되는 종자들이었다.

이들 중살이란 이들은.

연후의 손끝에 힘이 더해졌다.

결국 눈앞의 이 노인은 어떤 경우라도 토설하지 않을 것이란 생각에 마지막 숨통을 끊으려는 것이다.

그 순간 연후의 전신으로 격렬한 떨림이 일기 시작했다.

무상의 공능이 반응한 것이다.

또한 그 강렬한 떨림만으로도 치명적인 위협이 다가오고 있음을 느낀 것이다.

연후의 눈에 기이한 안광이 번쩍였고 그때로부터 연후 주변의 시간이 너무나도 천천히 흐르기 시작했다.

그 기이한 시간의 비틀림 안에서 온전히 자유로운 연후의 눈이 어느새 자신의 지척에 이른 핏빛 강기 한 줄기를 발견했다.

귀마노사를 절명시킨 바로 그 무공이었다.

목불이라 불리는 노인, 그가 좌측 담장 너머 곤좌전이라 불리는 전각의 지붕위에 서서 공격을 날린 것이다.

그 거리만 해도 근 오십 장이 훨씬 넘는 거리에서 가해진 공격이 수많은 군웅들의 머리 위를 지나쳐 연후에게 뻗어 온 상황.

그럼에도 불구하고 그 강맹하기 이를 데 없는 기세가 전혀 줄지 않을 정도로 놀라운 무공이었다.

연후의 신형이 천천히 자신을 향해 날아드는 핏빛 강기를 피해 섬전처럼 쏘아지기 시작했다.

어느 순간부터 자연스레 체득하게 된 경신공부의 묘가 발휘되며 명문무가와 군중들의 머리를 뛰어넘은 채 순식간에 곤좌전과 중청 사이에 놓인 담장까지 이르렀다.

그 찰나지간 놀랍게도 목불 노인의 눈이 정확히 연후

를 응시했지만 그것은 말 그대로 연후를 한 번 쳐다본 것이 전부일 뿐이었다.

그의 눈동자가 놀라움에 파르르 치떨리기도 전 연후의 신형은 어느새 곤좌전의 처마를 밟고 있었던 것이다.

그 날아들던 속도를 단 한 번도 멈추지 않은 채 초연검의 검신이 세워졌고 그 검신을 타고 인 붉은 섬광이 그대로 일공 목불 노인의 목을 가르고 지나갔다.

썽!

날카로운 쇠가 단번에 썰려 나가는 소리가 나며 일공의 목이 허공으로 치솟아 올랐고 그 순간이 되자 시간은 다시 제자리를 찾아 흘렀다.

촤아아악!

목이 잘리고 나서야 치솟는 피분수가 곤좌전의 전각을 흠뻑 적셔 가는 순간에도 좌중의 누구도 연후가 그곳까지 이동한 것을 알지 못했다.

텅, 텅, 텅! 촤라라라락!

잘려 버린 일공의 머리가 전각의 기와에 몇 번이나 튕겨 바닥으로 떨어져 내렸고 목이 잘린 석상처럼 서 있던 일공의 몸뚱이가 기와 더미와 함께 무너져 내리는 소리가 날 때쯤이 돼서야 하나둘 연후를 향해 고갤 돌리는 이들이 생겨났을 뿐이었다.

그렇게 좌중의 시선이 다시금 곤좌전 전각 위에 홀로 선 연후에게 향했을 무렵 연후의 눈에는 다시금 기이한 안광이 맺히기 시작했다.

흡사 촛불이 꺼지는 듯 희미한 잔상 하나를 남긴 연후의 신형이 다시금 중인들의 시야에서 사라진 후였다.

천망회회(天網恢恢)

이공 죽노야가 세 여인의 목에 날카로운 검신을 드리우고 혼돈에 혼돈을 거듭하고 있는 비무대까지 이른 것은 일공과 삼공의 시신에서 뿜어진 피가 채 마르기도 전이었다.

그 이해 못할 상황 속에서 운집한 이들이 더욱 아연실색할 수밖에 없는 일이 벌어졌다.

"공주 마마!"

승천대장군 곽영이 이공의 칼끝에 목이 닿아 있는 여인을 보고 외친 그 한마디의 파급은 상상을 초월하는 일이었다.

일왕각에 고이 모셔 두었던 그녀가 강호 무부의 인질

이 되어 나타난 초유의 사건이 벌어진 것이니 그녀의 존재를 미리 알던 관리들이나 이를 전혀 모르던 무장들 모두 기겁할 수밖에 없었다.

무림 왕부 곳곳에 배치되어 있던 금군 오천과 동창이며 내밀원의 고수들은 물론 곽영을 따라 이곳에 도착한 북로군의 무장 오백여 명 역시 중청 광장으로 집결할 수밖에 없는 일이었다.

이를 지켜보는 강호인들의 심정 또한 철렁할 수밖에 없었다.

환관 하나를 습격했다 천하제일가란 이름을 지녔던 단목세가가 멸문의 길을 걸었거늘, 하물며 황제의 금지옥엽이라는 봉명궁의 자운 공주가 목에 칼이 닿아 있는 상황이니 숨소리조차 내지 못할 만큼 적막감이 감돌 수밖에 없었다.

특히나 은연중 그가 한식구라 여기던 무당의 도인들로선 그야말로 아연실색하지 않을 수가 없는 일이었다.

그렇다고 해도 금군이나 강호인들 중 누구 하나 감히 나설 수가 없는 것은 그 인질이 지닌 무게감이 그만큼이나 모두의 심경을 짓누르고 있었기 때문이다.

하지만 죽노야 역시 그녀들을 이 자리에 이끌고 나오는 순간 자신의 목숨은 도외시한 상태였다.

사실 그는 이미 몇 번의 비무를 거치며 지나온 삶의 의미조차 잃어버린 후였다.

그를 그렇게 만든 것은 다른 누구도 아닌 무암 진인의 존재였다.

이제껏 봉공으로 또 중살로 살아오며 수많은 죄악을 저질렀지만 단 하나의 염원만은 저버리지 않았었다.

바로 자신의 검을 무당에 전하는 것.

그것이 오욕과 후회로 점철되는 삶을 살았던 자신에게 줄 수 있는 유일한 위안거리로 여겨 왔던 것이다.

한데 자신이 틀렸음을 알아 버린 것이다.

무암은 오로지 무당의 검으로 자신보다 훨씬 앞서 걷고 있었다.

온전한 무당만의 검이 그토록 뛰어나다는 것을 깨우친 순간, 그의 삶은 이미 끝난 것이나 다름없었다.

자신과 지기들에게 이런 비참한 최후를 안겨 준 선사의 진정한 의중이 무엇인지는 알 수도 없었고 알고 싶지도 않았다.

그저 마지막 바라는 것이 있다면 무암 진인과 검을 맞대 온전한 무당의 검학 아래 숨을 거두고 싶다는 바람뿐이었다.

그 때문에 죽을 자리를 찾아 이렇게 말도 안 되는 짓을 벌이는 것이다.

최소한 역도로부터 공주를 구해 낸 것이 사문 무당의 공으로 돌아가게 하려는 마음.

그것이 옳고 그르고를 따질 이유는 없었다.

그저 그렇게 살아온 것이 봉공들이며 그 때문에 얻은 이름이 중살이기 때문이었다.

이공 죽노야가 굴비 꿰듯 데리고 있던 여인 둘을 팽개치고 자운 공주만을 끌어안았다.

순간 더없이 흉험해져만 가는 분위기.

그러거나 말거나 그녀의 목에 칼을 댄 이공은 저벅저벅 걸어 나가 어느새 난장판이 되어 버린 비무대 가운데로 나아갔다.

육진풍의 처연한 눈과 죽노야의 눈빛이 마주쳤다.

참으로 서글펐다.

하나 그런 감정 따위에 자신의 처지를 망각할 만큼 모자라게 살지 않은 두 노인이었다.

그렇게 육진풍의 지척에 멈춰 선 죽노야와 자운 공주.

수천 발의 쇠뇌가 겨누어져 있고, 또 수많은 강호인들의 살기와 적의를 받으면서도 그 눈빛은 너무나 잔잔하기만 했다.

그런 죽노야의 눈빛이 다시 향한 곳은 무당의 제자들

사이에서 올곧은 도인의 풍모를 잃지 않고 있는 무암 진인의 얼굴이었다.

죽노야의 눈빛은 육진풍을 볼 때보다 더욱 간절했다.

그가 무슨 말을 하는지 모를 수가 없는 무암 진인이기에 천천히 자리에서 일어섰다.

"무량수불! 참으로 고되게 사셨네."

이제껏 단 한 번도 뽑히지 않았던 무암 진인의 송문고검이 맑은 검명을 흘리며 뽑히는 순간, 죽노야가 공주의 몸뚱이를 내던지며 그를 향해 쇄도해 들어갔다.

평생을 복면 속에 갇혀 살면서도 온전한 무당의 무학으로 만들어 주고 싶었던 자신의 마지막 검을 펼치는 이공 죽노야.

그의 검신 끝이 회오리치듯 움직이며 그 궤적을 따라 태극 문양의 강기가 형성되어 그대로 무암 진인을 향해 휘몰아쳐 갔다.

그 강렬하고도 거대한 태극의 힘을 향해 무암 진인의 일검이 뻗어 갔다.

가벼운 손짓처럼 출수된 검신은 이내 거대한 산이 되고 거친 해류가 되어 휘도는 강기의 벽을 꿰뚫었다.

자신의 검학이 거침없이 파훼되는 것을 보면서도 죽노야는 웃을 수 있었다.

자신이 꿈꾸던 진정한 무당의 검을 보았기 때문이다.

이대로 몸을 내맡기면 오욕의 삶도 모두 끝나는 것, 자신은 먼저 간 봉공들보다 훨씬 행복했다 말할 수 있을 것 같았다.

하지만 그런 기대는 그 혼자만의 바람이었다.

무암 진인의 검끝이 죽노야의 미간을 꿰뚫기 직전 슝 하는 강렬한 파공음 하나가 들려왔다.

강렬한 빛을 내며 회전하는 비륜 하나가 무암 진인의 일검을 종으로 갈라 버린 것이다.

"역도의 배후를 감추려는 것입니까!"

무암 진인의 일검을 끊어냈던 비륜이 허공에서 사라지며 영준한 사내 한 명이 날아와 바닥에 쓰러지기 직전의 자운 공주를 부축했다.

무암 진인도 이공 죽노야도 당황함이 가득한 모습.

순간 죽노야가 눈을 부릅뜨며 무당파를 향해 달려 나가려 했다.

하나 그 순간 그의 앞을 가로막은 것은 연달아 떨어져 내리는 거대한 낙뢰였다.

콰광! 콰광!

"어딜? 넌 내 거야!"

벽마 사다인이 삼뢰인을 펼치며 천천히 비무대 위로

걸어 올라오자 다시금 좌중은 숨이 막힐 정도로 놀랄 수 밖에 없었다.

사태가 그리 돌아가자 당황한 죽노야는 검을 빼 들어 삼공을 베고 난 뒤 자신의 목울대를 찔러야겠다고 마음먹었다.

삼공 육진풍 역시 그것을 간절히 바라는 눈빛.

한데 그 순간 팟 하는 기음과 함께 나타난 연후가 그의 팔을 붙잡아 꺾어 버린 뒤 연이어 명치에 주먹을 꽂아 넣었다.

파각! 퍽!

비명조차 내지르지 못하고 혼절하는 죽노야를 보며 육진풍의 눈이 치떨렸다.

하나 연후의 눈은 참으로 무심하기만 했다.

"뭣들 하느냐! 당장 저놈들을 포박하지 않고!"

곽영의 대노한 음성과 분주해지기 시작한 금군의 움직임.

그 혼란한 와중 속에서 세 친구들의 눈이 마주쳤다.

그리고 그런 친구들을 비무대 밖에서 조용히 지켜 보며 씨익 웃는 혁무린이 있었다.

"왜 안 나서십니까?"

암천이 물어 오자 무린이 다시 한 번 웃었다.

"소 잡는 칼로 닭 잡을 일 있어? 저것들은 닭이야. 진짜는 소란 말이지……."

* * *

"마마, 괜찮으십니까?"

자운 공주를 부축하고 있는 단목강의 입에서 흘러나온 음성은 근심이 한가득이었다.

그런 단목강을 보며 자운 공주는 비로소 입가에 환한 미소를 지을 수 있었다.

"고마워요. 이런 게 강호라는 곳이군요."

"송구합니다, 마마. 죄인들은 끝까지 추문하여 반드시 그 배후를……."

단목강의 격앙된 목소리가 점점 더 커지려는 찰나 자운 공주는 와락 단목강을 끌어안고 흐느꼈다.

"무서웠어요. 무서웠단 말이에요."

비에 젖은 어린 새처럼 여리게 경련하는 그녀의 자그마한 몸뚱이를 안은 채 단목강은 그저 목석처럼 서 있을 수밖에 없었다.

그런 단목강의 입에서도 떨리는 음성 하나가 흘러나왔다.

"신도 두려웠사옵니다. 마마를 잃게 될까 봐, 마마를 지키지 못할까 그것이 두려웠습니다……."

"고, 고마워요."

잔뜩 주눅 든 얼굴로 몸둘 바를 몰라 하는 은서린을 사다인이 벌떡 일으켜 세웠다.

거칠게 잡아끄는 그의 손길에 흠칫하는 은서린.

하지만 사다인은 그녀가 아니라 여전히 붕대가 칭칭 감겨 있는 그녀의 오른손만 뚫어지게 쳐다볼 뿐이었다.

다시금 쿵쾅거리기 시작하는 그녀의 심장 소리가 그녀의 귓불을 달아오르게 할 즈음 사다인이 잡았던 그녀의 손을 팽개치듯 놓아 버렸다.

왠지 모를 상실감에 절로 한숨이 나려는 은서린.

그녀를 향해 사다인의 손이 내밀어졌다.

그 손바닥 위에 놓인 것은 자그마한 목함이었고 은서린이 고개를 갸웃하며 사다인의 얼굴을 쳐다보았다.

"바르면 좀 나아질 거다. 젠장! 귀찮게시리!"

묻지도 않은 말을 주절거리며 목함을 내던지듯 그녀의 왼손에 쥐어 준 사다인이 휙 하니 뒤돌아서 휘적휘적 걸어 나갔다.

잠시간 당황하여 멍하니 손에 쥔 목함과 사다인의 뒷

모습만을 바라보던 은서린의 얼굴에 그제야 봄꽃 같은 미소가 서렸다.

"고, 고마워요!"

"칫! 진짜 귀찮다니까!"

"다들 보기 좋죠?"

당예예가 입가에 환한 미소를 지으며 연후를 반겼다.

연후 또한 친우들의 모습에 쌓였던 근심이 조금은 가신 듯했다.

대장군 곽영의 주도로 인해 더 이상의 비무는 없을 것이며, 죄인의 추궁이 끝나는 때까지 비무대회는 무기한 연기된다고 했다.

그렇다고 해도 누구 하나 감히 이의를 달 수가 없었다. 그만큼 벌어진 일의 사안이 크다는 의미였다.

그렇다고 해도 모든 걱정들이 해소된 것은 아니었다.

무언가 자신이 짐작하지 못한 큰일들이 벌어지고 있는 듯한 느낌을 지우지 못하는 것이다.

그리고 그런 느낌을 가장 강렬하게 주고 있는 이는 지기인 혁무린이었다.

지난밤 일부터 무린의 분위기가 눈에 띄게 달라졌음이 느껴지니 마음 한편이 조금은 불편할 수밖에 없는 것이다.

"우리는 뭐 안 해요?"

때마침 들려온 당예예의 음성에 연후가 눈을 동그랗게 떴다.

그녀의 말을 제대로 이해하지 못한 탓이다.

순간 너무도 예상치 못하게 당예예가 연후의 품 안으로 달려들었다.

당황하여 흠칫한 연후!

"기다리다간 늙어 죽을 것 같아서요. 저 정말 괜찮은 여자 같지 않아요?"

당예예가 품에 안기자 그녀의 머릿결을 타고 너무나 좋은 향이 밀려들었다.

잠시 잠깐 현기증이 이는 듯한 느낌이 들 정도로 좋은 향기였다.

한데 그 순간 연후의 몸이 저도 모르게 떨리기 시작했다.

이제껏 단 한 번도 느껴 보지 못한 종류의 떨림.

분명 무상검결의 반응이었지만 이전까지와는 너무나도 달라 당혹스러울 수밖에 없었다.

"왜 그러세요?"

연후의 기색이 심상치 않자 당예예가 얼굴을 들어 연후를 살폈다.

하나 연후의 시선은 이미 주변을 낱낱이 살피고 있었다.

금군과 강호인들의 수를 다 합하면 근 이만에 달했다. 그런 이들이 중청 광장에 모여 있다 흩어지고 있는 상황이니 그 소란스러움이 대단한 것은 당연한 상황.

그 와중에도 연후의 시선은 광장 곳곳을 남김없이 살피고 있는 것이다.

그러던 연후의 시선이 중청과 그 뒤편으로 이어진 자그마한 쪽문 앞에 멈춰선 채 그대로 굳어져 버렸다.

낯익은 여인이 그곳에 있었다.

하나 그 여인은 연후가 기억하던 모습과는 너무나도 달랐다.

하여 그녀가 자신이 알고 있던 그 여인이 맞나 하는 생각을 몇 번이나 되짚게 했다.

"대체 왜 그러세요?"

당예예 또한 심상치 않은 연후의 반응을 눈치 채고 근심을 지우지 못한 목소리였다.

한데 이어진 연후의 대답은 그녀의 눈을 휘둥그레 만들 수밖에 없었다.

"찾았습니다."

"네?"

"찾았단 말입니다. 당 소저의 조모님을……."

중청 광장을 향해 힘겨운 걸음을 한 발 한 발 옮겨 오는 노파, 그녀의 걸음이 다가오면 다가올수록 수많은 이들이 가벼운 어지럼증을 느꼈지만 누구 하나 그것을 대수롭게 여기는 이가 없었다.

오늘 목도하게 된 엄청난 사단 때문에 그저 심신이 지쳐서 생긴 현상일 뿐이라고 생각한 것이다.

"할머니!"

당예예가 그녀의 조모를 발견하고 뛰쳐나갈 즈음 연후는 또 다른 근심에 빠져들 수밖에 없었다.

그녀가 이곳에 있다는 것.

더구나 이전까지 그 젊고 아름다운 모습을 완전히 상실한 모습이라는 사실이 연후의 마음을 짓누르는 것이었다.

어쩌면 이 모든 일들이 부친의 소행일지도 모른다는 생각.

지난밤 암천이란 수신호위가 보았다는 바람 같은 인영이 제발 부친이 아니길 간절히 바라는 것이다.

연후가 그런 생각으로 당가 여인들의 재회를 바라보는 그때였다.

너무나 낯익은 목소리지만 그 목소리가 이렇듯 분노할

수 있다는 것을 처음 느끼게 하는 음성이 이어졌다.

"망균! 어떤 미친 자식이!"

그 순간 연후가 본 혁무린의 눈빛은 정녕 인간의 것이 아니라고밖에 말할 수 없었다.

"가만두지 않겠다. 대체 어떤 놈이 이따위 짓을 또 벌였단 말이냐!"

그 분노의 일갈과 함께 무린의 등 뒤에서 일어난 거대한 그림자 하나가 끝 간 데 없이 자라나더니 시리도록 맑았던 천목산의 푸른 하늘 위에 새까만 암흑의 구름을 만들어 가기 시작했다.

망공으로 시작하여 망량의 분노를 깨운 인의(人意)!

천무와 인무가 만나고 은하(銀河)가 혈우(血雨)가 되어 내리는 강호의 마지막 날은 그렇게 다가오고 있었다.

〈『광해경』 제10권에서 계속〉

광해경

1판 1쇄 찍음 2011년 12월 7일
1판 1쇄 펴냄 2011년 12월 9일

지은이 | 이훈영
펴낸이 | 정 필
펴낸곳 | 도서출판 **뿔미디어**

기획총괄 | 이주현
편집장 | 이재권
편집책임 | 심재영
편집 | 문정흠, 이경순, 주종숙, 이진선
관리, 영업 | 김기환, 임순옥

출판등록 | 2002년 9월 11일 (제1081-1-132호)
주소 | 부천시 원미구 상3동 533-3 아트프라자 503호 (우)420-861
전화 | 032)651-6513 / 팩스 | 032)651-6094
홈페이지 | www.bbulmedia.com
E-mail | BBULMEDIA@paran.com

값 8,000원

ISBN 978-89-6639-443-2 04810
ISBN 978-89-6359-256-5 04810 (세트)

※파본은 구입하신 서점에서 교환하여 드립니다.

※이 책은 (도)뿔미디어를 통해 독점 계약되었습니다.
저작권법에 의해 보호를 받는 저작물이므로 무단 전재와 무단 복제를 엄금합니다.

고수를 찾아서

한병철 지음

뿔미디어가 자신 있게 추천하는

모든 장르 독자들의 필독서!

직접 발로 뛰고 귀로 듣고 눈으로 본 『현대무림백서』!

누구나 고수를 꿈꾸지만

누구나 고수가 될 수는 없다!

이 시대 현존하는 수많은 무예가들에게 묻다!

진정 고수는 존재하는 것인가?

실존하는 무술고수와의 대담

현대를 살아가는 무림을 엿보다!

발매중!

정가 19,800원

http://www.bbulmedia.com

http://www.bbulmedia.com